COLLECTION FOLIO

David Fauquemberg

Nullarbor

Gallimard

Cet ouvrage a paru initialement aux Éditions Hoëbeke,
dans la collection « Étonnants voyageurs »,
dirigée par Michel Le Bris.

© *Éditions Hoëbeke, 2007.*

Né en 1973, David Fauquemberg est écrivain et traducteur. Entre deux voyages, il vit en Normandie.

*À l'ange gardien du Gros Caillou
et au Sage de Villejuif*

I lived on nothin', but dreams and train smoke,
Somehow my watch and chain got lost.

> TOM WAITS,
> *Pony.*

Prenez bien garde, vous dis-je, à prendre garde à ce que vous faites, et que ce ne soit point le diable qui nous trompe.
— Je t'ai déjà dit, Sancho, répondit don Quichotte, que tu ne t'y connais guère en matière d'aventures. Ce que je dis est vrai, et tu vas le voir sur l'heure.

> CERVANTÈS,
> *Don Quichotte,* I, VIII.

Dehors, une voix hurlait mon nom. Arraché au sommeil, je n'ai pas compris tout de suite. Une moto passait en trombe sur l'autoroute, à quelques mètres. Et ce long cri, inhumain, qui semblait résonner encore dans les ténèbres du désert. Il m'évoquait, confus, de macabres cérémonies, pieds martelant le sol, claquements de bâtons, visages mats et obscurs fardés de cendres grises, dénués de reflet à la lueur des flammes. Souffle court, je me suis redressé sous ma tente. Le moteur ronronnait au loin, là-bas, vers l'est. Pourtant, je frissonnais. Ce cri ne pouvait être que celui d'un loup. Ou plutôt d'un dingo. J'étais en Australie, au milieu de la Nullarbor. Ce rêve mauvais ne me lâcherait plus. Les lances à bout de bras, le deuil et la colère — la mort rôdait à mes côtés. Monde sans prudence, où tout n'est que violence et ruine. Voilà comment j'ai tué l'homme.

Nullarbor

Fauché, la rage au ventre, j'avais quitté Melbourne, cette Europe en exil où je vivais reclus depuis bientôt deux ans. J'ai oublié pourquoi. Le temps pressait. Gagner l'ouest, le nord, les tropiques aborigènes. Nébuleux projet. Rallier Perth en stop, trouver de quoi me refaire, pour obliquer vers Broome et advienne que pourra. Tout semblait bien parti. Seize cents kilomètres en trois jours. La route, sa généreuse indifférence, agissait déjà comme un puissant remède. Aux portes de la Nullarbor, un camionneur exténué m'avait pris à son bord. Il ravitaillait une station-service, où il m'avait laissé. Quelques voitures étaient passées, à contresens pour la plupart. Les conducteurs emportaient l'essentiel de leurs biens, ils partaient s'installer ailleurs, en Terre promise. Un exode. Les rares voyageurs qui traversaient la Nullarbor dans le même sens que moi n'inspiraient vraiment pas confiance. Des paumés, des fous, des représentants au bout du rouleau. Cette route hallucinée charriait le tout-venant de la détresse humaine. Prudent, j'avais établi mon bivouac dans le bush, parmi les herbes sèches, les touffes de spinifex.

Ce matin-là, j'étais bien décidé à me remettre en marche. Dans le froid humide du petit jour, les premiers rayons du soleil caressaient une brume aux contours incertains. Au-dessus pointait la cime des arbres moribonds qui parsemaient la Nullarbor. « Plaine sans arbres. » Les cartographes n'avaient pas eu le loisir de vérifier sur place. Les galahs jacassaient du haut des branches nues. Le fracas d'une course est monté d'entre les broussailles. Presque aussitôt, j'ai aperçu le kangourou. Dans l'immobilité de son buste en équilibre, assis sur sa queue, il ressemblait au vieillard voûté, l'*old man kangaroo* des aborigènes. L'instant d'après, il avait disparu. J'ai tourné le dos à la plaine, et j'ai marché vers la station. Une baleine franche grandeur nature, de fibrociment, était échouée dans la cour. Pas moyen de la louper. Sur son flanc, on avait écrit : « *Please don't climb on whale.* » Des canettes brisées jonchaient le terrain vague qui faisait office de camping. De grosses cylindrées tape-à-l'œil exhibaient leur vulgarité au pied d'une guitoune militaire. Dans les toilettes, un barbu tatoué se brossait les dents, souffrant d'une vilaine gueule de bois. Je me suis penché pour boire au robinet crasseux. « Putain d'eau salée », a grommelé le type, la barbe pleine de dentifrice. Il s'est essuyé dans les têtes de mort de son bandana.

« Tu vas où, mec ?
— Perth.
— Et nous, de l'autre côté. Gros meeting à Adélaïde, le putain d'boxon. »

Le serveur du bar m'a reconnu, le geste las. Sale nuit. Il tenait à m'offrir un bol de café et deux œufs au bacon. « Ça, c'est pas tous les jours qu'on a des habitués. » Un gars en tenue de vélo se terrait dans son coin, regard perdu au fond d'une tasse en plastique blanc. Drôle d'endroit pour un cycliste. Je me suis assis en face de lui. Il m'a souri.

« J'en suis à la moitié de mon tour d'Australie.
— Et vous avez fait quoi, pour mériter ça ? »

Il a posé sur moi de grands yeux blasés, sérieux à l'extrême, investi d'une mission. « J'ai été

boxeur olympique, on m'a appris à encaisser. »
À en juger par ses arcades, son nez martyrisé, il avait dû livrer le combat de trop. Ou plusieurs. « Tu comprends rien, bien sûr. Moi, je sais où je vais. » Il s'est jeté vers la porte sans un au revoir. En ressortant, j'ai aperçu la silhouette besogneuse qui pédalait face au soleil. Deux dingos faméliques sortis des buissons ont traversé la route. Quand ils m'ont vu, ils se sont arrêtés, curieux. Ils étaient chez eux, pas moi. Même la baleine hilare me semblait mieux intégrée au cadre du désert, moins déplacée. Je perdais mon sang-froid dans cette immensité. J'allais à pied, comme les anciens explorateurs, qui avaient eu, en Australie, l'étrange manie d'expirer à trois kilomètres du but, happés par les sables mouvants ou la gueule d'un crocodile. Des éclats de voix m'ont tiré de mes divagations. Les motards venaient d'émerger, et ce n'était pas beau à voir. Certains s'accrochaient au goulot de leur Emu Export, fidèles à l'enseignement qu'on guérit le mal par le mal. D'autres semblaient disposés à creuser un puits à mains nues pour étancher leur soif. « Putain d'eau salée ! » rugit une voix, dans les toilettes.

Un grand type efflanqué se promenait torse

nu au milieu du désastre. Il badinait d'un groupe à l'autre, guilleret, maîtresse de maison. Il n'était pas des leurs, personne ne lui parlait. Un colosse blond se tenait à l'écart, vautré sur sa moto, les deux mains sur la nuque. Il portait le drapeau sudiste en guise de foulard et sur le gras de l'épaule un crâne tatoué, difforme. Le message était pourtant clair. Le type s'est planté devant lui. « Hé, mec, ta tête de mort, d'enfer ! » J'ai surpris dans sa voix des accents virils, bonimenteurs. On aurait pu le prendre pour un dur, un vrai, si la maladresse du corps dégingandé, la douceur du regard n'avaient aussitôt trahi l'imposture. Pris d'un soudain fou rire, il a fait un pas en avant, collé au motard une bourrade, puis il s'est agrippé au chrome du guidon. Le motard s'est dressé d'un bond, l'a saisi par les cheveux pour lui faire lâcher prise. Il l'a soulevé de terre sans effort apparent, pour le jeter dans la poussière à trois mètres de là. Il a fouillé dans ses sacoches, a marché sur le type un gourdin à la main. Je me suis interposé. « Excusez-le, il sait plus ce qu'il fait... Il a trop picolé, sa femme vient d'le plaquer. » Le motard m'a empoigné la gorge, bras jeté en arrière. Dans ses yeux, je lisais le désir de tuer. « Ah ouais ? Dis à ton pote que l'alcool, c'est pas pour les tapettes. Faut pas jouer les caïds. La prochaine fois, j'vous écrase la tronche à coups d'botte. Au dégénéré et à toi. » Il a fait demi-tour, renvoyé ses collègues qui déjà rappliquaient. À quatre pattes dans la poussière, le type me scrutait, ébahi. « Eh, j'voulais juste discuter. » Je l'ai aidé à se relever. « Moi, c'est Adam. Docteur en grec ancien. Mais avant tout, je suis poète. » Lui aussi avait fui Melbourne, sans rien à regretter que des quatrains inachevés, et des ardoises un peu partout. « J'rentre à Perth. J'y suis né, c'est là qu'est mon inspiration. Si tu veux, je t'emmène. »

J'aurais dû d'abord voir la caisse. Une épave japonaise sapée par la rouille. Une ruine à trois cents dollars australiens, moins chère qu'un aller simple en train, le prix d'un surf d'occasion. Le vendeur était sans scrupules. J'ai eu toutes les peines du monde à caler mon sac dans le bric-à-brac qui encombrait jusqu'au toit la banquette arrière. L'intégrale en plusieurs volumes de la poésie romantique, un lit en caoutchouc à moitié dégonflé. Le modèle tout confort, biplace. Au moment de régler le plein, Adam a exploré ses poches. Il déversait sur le comptoir de pleines poignées de pièces. Soucieux de ménager le suspense, il les organisait en piles régulières, méticuleux, faisant, refaisant ses calculs à voix haute. Le jour n'allait pas tarder où il serait à sec. Traverser le désert avec un poète australien, ça ressemblait à l'aventure.

La route n'avait guère changé depuis des jours. Des poteaux télégraphiques dépouillés de leurs fils suivaient son tracé rectiligne en direction de l'ouest. Chacun était chaulé d'un numéro peint. Mille sept cent cinquante-huit, mille sept cent cinquante-neuf... Émeus et kangourous gisaient sur le bas-côté, cadavres déchiquetés par la furie nocturne des *road-trains*. Les aigles présidaient au festin. Repus, ils ne prenaient même pas la peine de décoller à notre approche. « Les pires, affirmait Adam, ce sont les chameaux. Leur abdomen est saturé de gaz : quand on les percute, ils explosent. » Assurément trop dégueulasse pour qu'il l'ait inventé.

« Drôles de zigues, ces chameaux. Ils viennent du Pakistan, quand même. Le jour où ils ont débarqué dans le port d'Albany, aucun ponton n'était prévu. Ne sachant rien de l'animal, les matelots se montraient perplexes. Nageait-il ? Le capitaine, un Australien, n'était pas homme à tergiverser. "Qu'on les jette par-dessus bord !"

— Alors, ils nagent?
— Faut croire. »

Les arbres ont disparu, cédant la place à des buissons malingres, gris et bleu, cramponnés au sable. Nous avons traversé des terres aborigènes, sans apercevoir autre chose que les empreintes évanescentes d'un peuple fantôme. Préfabriqués à l'abandon aux toits de tôle rouge, carcasses désossées de bagnoles, le charbon froid d'un feu de camp. Les souches souffreteuses violentées par le vent ajoutaient au lugubre du paysage. Menton sur la poitrine, Adam somnolait au volant depuis un bon moment déjà, mais refusait obstinément de me laisser conduire. « Il n'y a que moi qui la comprenne. » Il sursautait quand j'engageais la conversation d'une voix tonitruante, avant de sombrer de nouveau dans sa léthargie insondable. Parfois, on devinait un véhicule, à l'autre bout de la route, mais à force de fixer le minuscule point noir, on l'oubliait. Dix minutes plus tard, il vous éclatait à la gueule, s'arrachant aux reflets tremblotants du bitume. Les voyageurs de Nullarbor se saluaient du bout des doigts, nonchalants, paumes sur le volant. Adam en faisait trop. La voiture était encore loin qu'il gesticulait. Faussée, la direction de sa guimbarde tolérait mal cette fantaisie.

En fin d'après-midi, la pluie nous est tombée dessus sans prévenir. Dans le tournoiement frénétique d'un champ d'éoliennes, la plaine semblait sur le point de s'envoler. Une enseigne Mobil ployait sous les bourrasques. Les arbres de la station, taillés au cordeau, lui donnaient des airs de cottage familial. Dans l'abri des pompes à essence, un immense vacarme couvrait les rugissements du vent. On aurait juré qu'une foule s'étripait dans la cour. Accrochés aux piliers, des haut-parleurs diffusaient un match de football australien. Le gérant nous a accueilli d'un *G'day* retentissant. Clope au bec, il a introduit l'embout de la pompe dans le réservoir. À la radio, les commentateurs s'égosillaient de plus belle : début de bagarre générale. Bouche bée, le type a laissé choir sa cigarette, que j'ai piétinée discrètement. Rivalisant de grossièreté, Adam s'en prenait à l'arbitre. « Putain, quel enculé ! Va quand même pas l'virer pour un pauvre coup d'boule ! » Une femme noire est apparue sur le pas de la porte, droite dans sa robe à fleurs, soucieuse d'éviter nos regards étrangers. Le type s'est servi à la hâte dans le monceau de pièces amassé par Adam. La femme m'a fixé dans les yeux, l'espace d'un instant. Un regard transparent, sans voile, qui semblait voir à travers moi. Ses traits se sont durcis. Elle a pris son homme par le bras pour l'entraîner à l'intérieur. Sur la route, j'ai repensé à la gitane de Ronda, accablée de vieillesse, qui des années auparavant avait pointé sur moi son doigt accusateur : *Demonio !* Il faisait déjà nuit quand nous avons planté le camp. Son gonfleur électrique posé à même le sol, Adam injectait dans le matelas plus de sable que d'air. J'ai allumé un feu avec des branches humides. Devant les flammes vacillantes, gamelle en main, Adam réfléchissait. « Tu as vu cette Noire ? » Je n'ai pas répondu. Le bois sec libérait en craquant des gerbes d'étincelles. Adam a étouffé le feu.

Un bruit étrange m'a tiré du sommeil, cette nuit-là. Un ronflement sourd, sorti tout droit des entrailles de la terre. Je n'avais en tout cas rien entendu de pareil, jamais. La Nullarbor respirait, exhalant un souffle mauvais, rocailleux. Après quelques minutes, ça s'est arrêté. L'oreille aux aguets, incapable de dormir, j'ai attendu l'aurore dans la peur et le froid. Le soleil s'est levé, j'allais en avoir le cœur net. Deux gros corbeaux m'ont accueilli de leur voix enrouée, glaciale. Tout autour de ma tente, d'immenses toiles perlées d'eau scintillaient dans la lumière rasante de l'aube. Les araignées, ventrues, hideuses, longues comme la main, attendaient leur heure, tapies sous le feuillage. Un kangourou sautillait, indolent, le long d'une clôture. Je me suis glissé entre les planches de la barrière. Alors l'haleine a resurgi du sol. Quelque chose de vivant, tout près. Je me suis arrêté, fébrile, scrutant, frappant le sol du pied dans l'espoir d'une fuite. Silence. Je ne discernais aucun mouvement, pas le moindre bruissement d'herbe. Bon Dieu, voilà que je perdais la boule! Le grincement assourdissant d'une guitare désaccordée m'a arraché un cri. Le kangourou s'était pris les pattes dans le fil de fer barbelé. Adam, lui, n'avait rien entendu. « Cherche pas. Il s'en passe de drôles par ici. Tiens, mon frère, il fait d'la prospection minière. Un jour, un collègue est tombé en rade dans la brousse. Il a voulu rejoindre le camp à pied, bien sûr il s'est perdu. Là-bas, tu sais, c'est rien qu'épines et sable rouge. Sans eau, ses heures étaient comptées. Il a marché la journée, toute la nuit, puis il s'est rendu compte qu'il tournait en rond. Il allait se laisser mourir quand une force inconnue s'est emparée de lui. Il s'est relevé, a couru sans savoir vers où. On l'a retrouvé aux portes du campement, à demi inconscient. Le malheureux n'avait plus que ça à la bouche : "Quelque chose m'a sauvé ! Quelque chose m'a sauvé !" Le soleil lui aura tapé sur la tête, c'est ce qu'ont pensé les autres. »

Quelque chose respirait la nuit. J'étais bien avancé. Pendant que je préparais le café, Adam, cheveux en pétard, s'est acharné sur son matelas. Se penchant pour le plier, il s'est vautré sur les cailloux. Pas de doute, j'avais affaire à un cas spécial. En arrière-plan, une étrange forme rose et mauve dérivait lentement, bousculée par la brise. Sa tente igloo d'occasion, prévue pour une famille, semblait bien décidée à se faire la malle. J'attendais, sans rien dire, qu'Adam s'en aperçoive. Alors, il s'est mis à courir, ce que manifestement il n'avait jamais fait. Au lieu de propulser son corps vers l'avant, ses jambes se jetaient en arrière. Avec conviction, sans effet. J'ai aidé le poète à déclouer la tente des buissons épineux. Son visage ne trahissait aucun agacement, nulle surprise. Dans son monde, les objets se comportaient de manière chaotique, hostile.

Sur la frontière de l'Australie-Occidentale, les

douaniers faisaient les cent pas à l'ombre de bâtiments noirs. À perte de vue le désert et, au milieu, de petits fonctionnaires zélés, imbus de leur mission hautement stratégique : défendre une cahute qui arborait fièrement les couleurs de l'État. Un jour, elle serait le dernier rempart contre l'envahisseur venu de l'est, et qui emprunterait l'autoroute. Une femme en uniforme s'est avancée, visage fermé. « Bonjour, messieurs. Fruits, légumes ? » Nous nous sommes regardés, Adam et moi. Les provisions achetées en chemin. Interdit de leur faire passer la frontière. Impératifs sanitaires. Bredouillant comme un dealer novice chopé la main dans le sac, Adam a esquissé la liste de nos victuailles.

« Des champignons...
— En boîte ?
— Oui, blancs...
— Pas de problème.
— Et puis des pommes de terre, des poivrons...
— Pas de problème.
— Deux tomates », j'ai ajouté.

Adam m'a gratifié d'un regard noir. Pourquoi diable me mêler de ce qui ne me concernait pas ? La gravité de la situation ne laissait aucune place à l'amateurisme.

« Les tomates, c'est pas possible, a tranché la douanière. Absolument pas.

— On peut les manger ? a suggéré Adam.

— Si ça vous chante. Mais qu'on n'y passe pas la journée. »

Adam a ouvert le coffre. La douanière observait sur la pointe des pieds, inquisitrice. Des tomates, il y en avait trois.

« Cachée sous les champignons, a balbutié Adam. Je pouvais pas savoir...

— Pas d'autres marchandises prohibées, vous en êtes bien certain ? »

Adam, qui dévorait le premier fruit, a failli s'étouffer. Mains sur les hanches, la douanière l'a regardé gober sans la mâcher ou presque une seconde tomate. Il m'a tendu la dernière, suppliant. Je n'avais pas faim. Déçu de mon absence de coopération, il fixait l'objet du délit, totalement désemparé. La douanière a désigné du chef une poubelle ouverte, au bas d'un escalier. Dans une gerbe d'éclaboussures, la tomate est allée s'écraser sur le pare-brise rutilant d'une voiture de fonction. La douanière nous a fait signe de dégager. Trop nerveux pour conduire, Adam m'a cédé le volant. Il transpirait à grosses gouttes, pâle comme la mort. « L'uniforme. Ça m'colle des sueurs froides. » Recroquevillé sur son siège, il s'est endormi.

Nous ne roulions, au ralenti, que quelques heures par jour. Le moteur de la caisse chauffait dangereusement, il n'en avait plus pour longtemps. Je l'aimais bien, Adam. Sa somnolence chronique, sa maladresse, ses interminables silences ponctués d'humeurs fantasques. Le fonctionnement déroutant de sa pensée. Ça faisait des lustres que je ne m'étais senti aussi proche de quelqu'un. Mais je n'allais pas passer un mois sur la Nullarbor. Des milliers de kilomètres me séparaient encore de Broome, pas question de traîner. De grandes choses m'attendaient. Nous avons fini par atteindre Balladonia, dernier relais de la Nullarbor. D'ici, une longue ligne droite filait vers Norseman, aux portes des plaines agricoles. Ma décision était prise : à Norseman, je lâchais Adam et son épave. Assis par terre sur le parking, je peaufinais mes arguments. Adam ferait mine à coup sûr de ne pas comprendre. Pas question de subir ses élucubrations. Je me tirais, point. Comme s'il sentait le coup venir, il a parlé le premier. « C'est marrant, j'ai compté l'argent. Figure-toi qu'il me reste juste assez pour aller jusqu'à Perth, en partageant l'essence. J'avais bien calculé mon coup, pas vrai ? » Piégé. J'étais piégé. Il me fallait un verre. Un routier solitaire dormait sur le comptoir. J'ai commandé une bière, puis deux. Abrité dans la crasse de son débardeur, derrière un quotidien de la semaine passée, le serveur n'invitait guère aux confidences. Debout en plein soleil, Adam griffonnait des colonnes de chiffres sur les étiquettes des conserves, les anthologies romantiques, jusqu'à ses propres avant-bras. D'un geste de la main, il m'a confirmé que tout allait bien.

Nous avions dépassé Norseman. Plus au nord, Kalgoorlie étendait ses faubourgs dévastés, ses grandes rues sales dans un décor défiguré par les fosses sans fond des mines à ciel ouvert. C'était vendredi soir, la nuit promettait d'être chaude. Les mineurs des environs, paie de la semaine en poche, sans qu'il en manque un, rappliquaient le week-end et se soûlaient à mort. L'absence de femmes sautait aux yeux. Un saloon de pacotille portait en devanture l'invite : « V'nez zieuter Patty, Suzie et Kate, nos p'tites bombes de la semaine. » Quand j'ai poussé la porte, l'assemblée s'est figée. Que des hommes, franchement patibulaires. On les sentait coriaces, avides de sang nouveau en matière de castagne. Adam s'est avancé vers eux, large sourire aux lèvres. « Sympa comme endroit, non ? » Ce n'était pas le moment de jouer les malins. Le seul tabouret libre portait une plaque de bronze : « Harry. » Il avait dû en passer des heures, au zinc, pour mériter l'honneur. Levant les yeux, je me suis retrouvé nez à nez avec les seins siliconés d'une serveuse nue comme la main. J'ai détourné le regard, ses deux collègues n'étaient guère plus farouches. Le bar se remplissait à vue d'œil, et toujours pas trace de Harry. « Des mois qu'on l'a pas vu, m'a confié la serveuse. Sûrement qu'il est mort. » Adam ne tenait pas l'alcool. Collé au bar, il s'entendait comme larrons en foire avec son édenté de voisin, partait d'un rire dément puis reprenait sa pose, jurait à gorge déployée en empoignant avec passion les solides épaules du mineur. Trois costauds hiératiques suivaient depuis le début le moindre de nos gestes. Les événements prenaient une tournure fâcheuse. Arracher mon poète à la confrérie des pochards m'a coûté bien des efforts. De l'autre côté de la rue, l'ambiance était paisible, les serveuses habillées. Un couple nous a fait asseoir à sa table. Un ingénieur des mines et sa femme, apprêtée avec soin, vaguement sophistiquée, qui ne cachait pas sa joie de côtoyer enfin des gens civilisés. Le ton est monté d'un coup, je n'ai rien vu venir. Sous le regard blasé de son mari, la femme détournait la conversation sur l'unique sujet qui lui tenait à cœur : les mille et une tares des aborigènes. « Eux, c'est la préhistoire. Sont sales, font leur possible pour pas bosser. On leur donne du fric, picolent toute la sainte journée ! Leurs mioches, faut voir ça, des teignes ! En plus, on comprend rien à leur baragouin ! » Adam a tapé du poing sur la table. « Alors là, madame : je vous coupe tout de suite. Du point de vue morphosyntaxique, les langues aborigènes sont plus élaborées que l'anglais ou le grec ancien. » Ils se sont tirés illico. Ces gens-là ne pensaient pas ce qu'ils disaient, ils le crachaient sans retenue, jusqu'à l'obstacle. Alors, ils ravalaient leur bile, attendant la prochaine occase. Adam ne les avait pas convaincus, non, mais les avait fait taire. C'était là l'essentiel.

La Nullarbor était loin derrière nous. Le blé venait d'être moissonné, des tourbillons de chaleur surgissaient des chaumes, soulevant la poussière à une hauteur vertigineuse. Nous avons campé dans le bush pour la dernière fois, au milieu d'une clairière défendue par des cohortes de fourmis rouges. Des familles, attirées par les eaux poissonneuses d'un étang, s'activaient sous l'auvent de leurs caravanes suréquipées, dans un brouhaha de télévisions et l'odeur des fritures. Mon compagnon était d'humeur mélancolique. Le vent du soir attisait les braises et Adam, exalté, invoquait les grands esprits du romantisme. Soudain, il s'est dressé, psalmodiant avec force une ode de Wordsworth. Le timbre ravivait les tourments du poète, le corps frémissait de douleur au-dessus du foyer. L'amour, le désespoir investissaient la nuit australe. Adam était dans son élément, les mots ne lui résistaient pas. ... *With rocks, and stones, and trees.* Ainsi s'achevait la mélopée poignante, dont le rythme des strophes a hanté mes rêves.

Du haut de l'ultime colline, on embrassait la ville. Des tours ultramodernes, démesurées, encerclées de banlieues, le tout nimbé d'un voile grisâtre. Une ville. Rien que de très banal. Mais débarquant de Nullarbor, elle provoquait un choc. Adam avait perdu l'habitude de se soucier des bagnoles. Il slalomait d'une file à l'autre, à quarante à l'heure, sans le moindre coup d'œil dans ses rétroviseurs, occasionnant le chaos dans la circulation chargée de fin d'après-midi. Il jubilait. Pourtant, ça n'avait rien de réjouissant. Les klaxons beuglaient dans ce décor atroce de zone industrielle, appendice prévisible des grandes métropoles. Autant rester dans le désert. Des banlieues bourgeoises aux jardinets carrés, identiques, s'amoncelaient sur les rives d'un fleuve nauséabond. Les parois vitrées de la City inondaient les avenues d'éclairs artificiels. Adam s'est engagé dans le quadrillage monotone d'un quartier ouvrier. « Nous y voilà. » Notre épave bondée avait quelque chose de déraisonnable dans cet environnement maîtrisé, sans vie. « La rouille miraculeuse s'est jouée du désert! » Un jeune type, caleçon et débardeur trop vastes pour lui, nous a rejoints sur le trottoir devant une maisonnette en brique. Il a pris Adam dans ses bras, me détaillant de la tête aux pieds pardessus son épaule. « Entrez donc prendre un thé. » Un grassouillet moustachu égalisait la haie, ruisselant de sueur dans son cuissard moulant. « Lui, c'est Greg », a fait le type. Ajoutant à voix basse : « Il faut que je t'explique, Adam. »

Des feuillets griffonnés, des bouteilles vides et des fringues sales s'entassaient pêle-mêle sur la moquette du salon. « Excusez le désordre, je ne pensais vraiment pas que vous arriveriez. » Alangui au fond d'un fauteuil élimé, notre hôte rapportait à Adam les derniers potins de la Société des poètes.

« Bob n'habite plus ici ?

— Oh, Bob, tu sais... Il commençait à faire son *suave*. »

Je suis entré dans la salle de bains pour me passer la tête sous l'eau. Un ordinateur gisait au pied de la baignoire, dans le désordre de ses fils. Sur le thème des électrocutions stupides, variante originale. Le moustachu tentait d'extraire de sa piaule un cachalot gonflable, coincé dans les montants de la porte. Je me suis glissé sous la panse du monstre et, empoignant la nageoire caudale, j'ai poussé tant que j'ai pu. L'œil opaque de la chose me contemplait, indifférent à mes efforts. Dans un crissement épouvantable, le cachalot a giclé vers l'avant, terrassant le moustachu. Il s'est dégagé, suffoquant, a fait rouler le Léviathan à coups de pied vers le jardin. Adam souhaitait me voir passer quelques jours avec eux. « Charlie serait ravi. Il a demandé à Greg de te laisser sa chambre. » Le nez dans sa tasse, Charlie a susurré une remarque obscure, et Adam a piqué un fard. Intrigué par leurs gloussements hystériques, le troisième larron a surgi dans le salon, sécateur en main, couvert de feuillages. Je n'allais pas m'éterniser.

« J'comptais descendre à Fremantle. On dit que c'est le meilleur coin pour dégoter un job.

— À toi d'voir, a bougonné Charlie. C'est pas loin, Fremantle. Adam se fera un plaisir de te déposer. »

Dans la voiture, je me sentais bien. Elle allait me manquer. La rocade de Fremantle dominait une baie immense, orientée plein ouest. J'ai pris place au balcon pour le coucher de soleil, le premier de ma vie sur l'océan Indien. Adam conduisait avec distraction, fébrile, me jetant des coups d'œil furtifs. « Tu aurais pu rester, tu sais. On en a fait d'la route, toi et moi. *I only feel — Farewell! — Farewell!* » Il m'a tendu une main qui se voulait franche, manquant percuter un camion. « Bonne chance, mec. J'espère que t'iras jusqu'au bout. »

Pêcheurs

Adam m'a largué dans un hôtel miteux qui tenait lieu d'auberge de jeunesse. On m'a attribué un lit dans un dortoir de six. Réservé aux hommes, d'après l'état de la salle de bains. J'avais réglé d'avance la première nuit, mon crédit était épuisé. Il fallait que je bosse, et vite. Le patron de l'hôtel n'avait rien à me proposer. « Trouver du travail, ces temps-ci... À moins que... » Il hésitait, me jaugeant du regard. « J'vois guère que la pêche au large. Les bateaux ont toujours besoin de main-d'œuvre. Ça paie pas mal. Pis eux, demanderont pas d'visa. Les armateurs, c'est mafia et compagnie. Mais franchement, si tu veux un conseil, trouve autre chose. N'importe quoi. Parce que ce genre de job, c'est pas fait pour les gars comme toi. » M'embarquer sur l'Indien avec de vieux marins bourrus, écouter leurs histoires de mille tempêtes, l'idée ne manquait pas de charme.

Oubliant la fatigue, je suis descendu sur le port, histoire de repérer les lieux. Il y avait un bateau à quai. L'équipage lessivait le pont, canette en main. Une brute plus épaisse que haute dirigeait la manœuvre depuis la passerelle, aboyant des instructions monosyllabiques. Ses petits yeux rageurs jaillissaient d'une barbe broussailleuse, qui lui dévorait les deux tiers du visage. Une barbe aussi rouge que sa longue tresse. Je tenais là mon loup de mer et, à n'en pas douter, le capitaine de ce navire. Observer ni vu ni connu, peaufiner une tactique d'approche. Ils se sont arrêtés, intrigués par mon manège. Je m'étais fait repérer trop tôt. Déconfit, j'ai battu en retraite. Mais un grognement sourd a résonné derrière mon dos. Faisant volte-face, je me suis retrouvé nez à nez avec le rouquin laconique. « T'cherches du boulot ? Départ ce soir, neuf heures. Ça t'va ? » J'ai fait « oui » deux fois. En guise de contrat, il m'a broyé la main. Neuf heures : ça me laissait tout juste le temps de passer à l'hôtel pour prendre mon barda. Le patron a vainement tenté de me dissuader. Prendre la mer avec de parfaits inconnus, pour un boulot dont je ne savais rien, ce n'était sans doute pas malin. Mais j'étais complètement à sec. Qui sait si l'occasion se représenterait? J'avais omis de demander au barbu combien il m'offrait. Dans le domaine du travail clandestin, toute mon éducation restait à faire. Il y avait des chances que ce soit dur mais, après tout, je n'étais pas contre. Absurde conviction qu'un pêcheur ne peut qu'être digne de confiance, puisque c'est un marin. Bon, je n'allais pas raconter ma vie à ce type. Il insistait pour noter les coordonnées du bateau. « La *Perle des Mers*? Avec un nom pareil, pas de souci à s'faire! »

J'ai pris une bière sur le chemin du port. Un vieil homme à casquette a buté dans mon sac. Il parvenait à peine à garder les yeux ouverts.

« Eh, l'ami, tu pars en voyage?

— À la pêche.

— Ah ouais... Quel genre?

— J'en sais rien, à vrai dire.

— Comment ça, t'en sais rien? *Longliner*, j'parie. Pêchent le thon, par ici.

— Si vous l'dites...

— Ben alors, bon courage, mon gars. Dur métier. »

Le vieux faisait une tête d'enterrement. Il a pris ma main dans la sienne et l'a serrée très fort. Ses doigts étaient difformes, mutilés. J'ai posé sur le bar mon tout dernier billet. « Vous en faites pas pour moi. Buvez à ma santé. » Plongeant dans la nuit, j'ai adopté le pas résolu de l'aventure. Une activité fébrile régnait sur le ponton, dans la lumière des halogènes. Toute une flotte venait d'accoster, retour de campagne. À bord de la *Perle des Mers*, deux types discutaient sur le marchepied de la cabine. Je les ai salués, ils n'ont même pas levé les yeux. Le barbu étudiait les cartes satellites sur l'écran de contrôle du poste de pilotage. Les yeux rivés aux dépressions, il a marmonné : « Bruce. » Puis il a désigné une bannette à fond de cale, juste en bas de l'échelle. Délesté de ma besace, j'ai rejoint mes coéquipiers sur le pont. Le plus petit des deux éclusait bière sur bière, pack éventré sur les genoux. Il a ouvert la bouche pour me parler, mais un rugissement de douleur est sorti à la place. Tout un côté de son visage était tuméfié : une mâchoire brisée lui faisait souffrir le martyre. Il était en proie à la plus noire des colères, et l'ivresse n'arrangeait rien à l'affaire. Son compère s'est dressé d'un bond, visage collé au mien.

« T'as pris ta tente, j'ai vu. Tu t'crois où ? Dans un putain d'camping ? T'as jamais fait c'foutu boulot, hein ?

— J'apprendrai.

— C'est pas sorcier : fais tout c'que j'te dis sans moufter, et y aura pas de putain d'problème ! »

D'aussi près, les lunettes à double foyer donnaient à son regard un aspect globuleux et, pour tout dire, pas très finaud. Drôle d'équipage. J'ai tenté de me mêler à la conversation, mais le type à lunettes me coupait sans arrêt, pour se foutre de mon accent. Mieux valait écouter. La dernière pêche était pourrie, l'argent manquait à l'appel. J'ai sauté sur l'occasion.

« Dites, les gars, combien on gagne sur ce bateau ?

— Putain, c'est qui ce con ? s'est exclamé le binoclard. Ça dépend du putain d'poisson ! »

Sacré vocabulaire, l'idiot du village. J'avais imaginé le pont encombré d'un inextricable fouillis de cordages, câbles, poulies, casiers métalliques et filets. Il était aux trois quarts dégagé. La *Perle des Mers* avait la taille, l'allure d'un chalutier modeste, mais elle était armée en palangrier. Une énorme bobine siégeait au centre, avec des kilomètres entiers d'un fil de pêche de fort calibre. De quoi remonter une baleine. Vers l'arrière, de larges coffres formaient comme une estrade. Ils ouvraient sur les cuves à saumure. Un mécanisme complexe, formé de cylindres chromés, surplombait la poupe. De part et d'autre du pont étaient arrimées de grosses boîtes métalliques, une armada de bouées. Enfin, sur bâbord, vers l'avant, une solide pièce de ferronnerie taillée en tire-bouchon et deux poulies mécanisées émergeaient du bastingage. Un vrai casse-tête chinois. Obéir sans penser, le conseil semblait judicieux. Un quatrième équipier est monté à bord. Il avait une drôle d'allure, avec ses longs cheveux crasseux et les tatouages multicolores qui dépassaient de son ciré, aux manches taillées à cet effet. Ses bottes de jardinage, enfilées sur un jogging rapiécé, soulignaient la disproportion manifeste entre sa petite taille et la dimension de ses pieds. Comme il essayait en vain de se présenter aux autres, il a fini par se rabattre sur moi. Diplôme de marin pêcheur en poche, Billy embarquait pour la première fois.

Sur le ponton, un rude gaillard enlaçait sa copine, belle blonde aux formes généreuses. « Ah, le veinard, comme elle est bonne ! » soupirait Billy. À son grand étonnement, c'est l'homme qui est reparti. La fille nous a frôlés, balluchon en bandoulière. À sa manière de saluer, on voyait qu'elle était coutumière du bord. Le poivrot à la mâchoire cassée la poursuivait en gémissant. Il la suppliait de lui rouler une pelle, de lui montrer sa couchette, ses nibars, et autres galanteries du même acabit. Se trémoussant comme un chien d'appartement, il jappait : « *Greta, I love you.* » Ses élans pathétiques lui arrachaient des râles, à cause de sa fracture. Greta l'ignorait, connaissant la rengaine. « Dégage ! » a rugi Bruce, sans quitter sa tanière. L'amoureux transi protestait à voix basse, intimidé. « Tire-toi, bordel ! » a hurlé Bruce, chargeant tête baissée vers la porte. « C'est bon, Bruce. J'me casse. » Il a ramassé les canettes, me prenant à témoin de son destin cruel.

« Putain de Dieu, pourquoi qu'elle veut pas ?
— Elle a quelqu'un. Sinon, j'vois pas. On sent qu'tu sais y faire avec les femmes...
— Mieux qu'tu crois, gamin, mieux qu'tu crois... Ouais, tu s'rais épaté. »

Il a quitté le navire, titubant. Greta m'a tendu la main. « Alors c'est toi, le remplaçant ? Cet abruti, il en a pris une bonne, l'autre soir, quand on est rentrés d'pêche. Il a cherché des noises, comme d'hab', mais là il s'est pas fait louper. »

Vu l'état de sa mâchoire, il s'en était pris à plus gros que lui, Roméo. Greta s'en félicitait autant que moi. Bruce a passé sa tête hirsute à l'extérieur : « Curt ! » Le type à lunettes s'est engouffré dans une écoutille. Au moins, maintenant, je savais son nom. Le diesel a démarré dans un grondement assourdissant qui a fait tressaillir la coque. Un épais nuage noir a jailli des flancs du navire et des effluves de mazout ont envahi le pont, suffocants. Sous les ordres de Curt, nous avons sans traîner largué les amarres. Par-delà les eaux désertes du port, un conteneur frigorifique bondé de calamars patientait sur le quai, dans l'ombre sinistre d'un vaste entrepôt. Des Asiatiques, hommes et femmes, trimaient dans la lumière vacillante et bleutée des néons, tout droit sortis d'un mauvais film de science-fiction. Blouse blanche, masque de chirurgien et coiffe en plastique, ils veillaient au bien-être d'un troupeau de homards, dans une odeur pestilentielle. Sous le regard las des esclaves sortis fumer une cigarette, Curt balançait à l'aveugle les cartons de vingt-cinq kilos. J'étais censé les attraper au vol pour les transmettre à Billy, dans la soute. Mais Curt allait trop vite, et le troisième carton m'a défoncé le pied. Sans que j'aie le temps de me plaindre, Curt a hurlé : « Putain, qu'est-ce tu fous ? Accélère ! » Je commençais à comprendre. Dur métier.

Passé les digues, la mer était forte, levée par de violentes rafales. Bruce a mis le cap sur l'ouest, pleins gaz. Les signaux vert et rouge du port oscillaient dans notre sillage. Les lumières de la ville scintillaient au loin, peu à peu englouties par le ciel étoilé. Ragaillardi par l'air du large, Billy m'a donné une tape dans le dos. « Allez, c'est parti pour deux semaines ! » Je me croyais embarqué pour quelques jours au plus. Deux semaines, ça faisait quand même un peu long. Mais il fallait près d'une journée pour gagner notre zone de pêche, méandre du courant de Leeuwin à deux cents milles nautiques des côtes. La convergence d'eaux chaude et froide attirait par bancs entiers le thon à nageoires jaunes, proie privilégiée des équipages de Fremantle.

Une revue de motards traînait sur un coin de la banquette. Des greluches dévêtues en pauses ridicules se frottaient lubriquement au guidon des motos. Les textes regorgeaient de motards virils, occupés à picoler et à se castagner entre eux. Un chef de bande réputé se pavanait en couverture. Comment diable pouvait-on chevaucher une moto en portant une barbe aussi longue? Le réservoir de sa Harley-Davidson était tapissé de croix gammées. Captivés, Bruce et Curt faisaient de graveleux commentaires, ponctués de « *Fucking hell* » retentissants. Je leur ai demandé s'ils roulaient en Harley. Bruce a refermé son magazine et s'est levé sans dire un mot. « Tu sais combien qu'ça coûte, une putain d'Harley? s'est emporté Curt. Va t'faire foutre. » Il est sorti sur le pont. À travers le hublot, je l'ai aperçu qui fumait. Il me jetait de temps à autre un regard mauvais. J'allais déguster. Pour le moment, chacun devait essayer de se reposer, assurer à tour de rôle la veille de nuit. Bruce a pris le premier quart. J'ai fermé les yeux, bercé par son pas lourd au-dessus de nos têtes. J'étais en plein rêve quand Billy m'a braillé à l'oreille : « Debout, la relève! » Il était quatre heures du matin. La mer avait forci, le bateau cognait violemment dans une houle croisée, cassante. Du grabuge quelque part au nord, sous les latitudes cycloniques. L'océan Indien se montrait fidèle à sa mauvaise réputation.

Les premières lueurs de l'aube pointaient sur l'arrière. D'un coup de hanche, Bruce m'a expulsé du poste de pilotage. « Au pieu. » Un choc violent sous l'étrave m'a plaqué à l'échelle. La houle était de plus en plus abrupte, nerveuse. Au terme d'embardées vertigineuses, le bateau s'écrasait lourdement dans le creux des vagues. Stoppée net, la structure de la coque entrait en vibration dans un bruit de fin du monde, bringuebalant tout à l'intérieur. Ma couchette gisait sous la proue, au plus fort du tangage. Chaque impact me soulevait à un mètre de mon matelas. Je me suis hissé dans la cabine en me cramponnant aux barreaux. Attablés en silence, les autres attendaient que ça passe. En mer, quand les conditions deviennent à ce point mauvaises, pas un ne la ramène. Le capitaine moins que les autres. L'humilité du marin face aux éléments, si l'on veut. Plus certainement, la trouille.

Dans l'après-midi, nous avons préparé la pêche. Bruce m'avait attribué un ciré et des bottes qui empestaient le poisson mort. Dehors, c'était le vrai baston. À proximité de la cabine, on était protégé, mais d'énormes paquets de mer déferlaient de toutes parts sur le reste du pont, où la violence des chocs rendait la progression hasardeuse. Chaque mouvement exigeait une concentration extrême. Bondir de prise en prise pour ne pas s'écrouler, à la merci d'une lame traîtresse. J'ai aidé Curt à désarrimer l'une des caisses métalliques. La bâche dissimulait des centaines de lignes enroulées avec soin, large hameçon d'un côté, pince de l'autre. « Emmène-moi ça jusqu'à la poupe. Fais gaffe de pas foutre l'bordel dans les lignes! » Je faisais de mon mieux. La boîte pesait ses soixante-dix kilos. Rien que la soulever, c'était éprouvant, et se la coltiner d'un bout du pont à l'autre, dans une mer pareille, tenait du numéro d'équilibriste. Les deux mains prises, pas moyen de se protéger quand le bateau plongeait. Arc-bouté contre ma caisse, je dérivais sur la surface du pont au gré du roulis, dans un sens puis dans l'autre, film burlesque au ralenti. Ma course s'achevait immanquablement contre une paroi, un objet, sur lesquels je m'écrasais sans pouvoir rien y faire. Goguenard, Curt a sorti des coffres de gros tapis de mousse. Au liquide rougeâtre qui s'en échappait, on devinait qu'ils épongeaient le sang. Billy est descendu chercher les calamars dans la chambre froide. J'étais chargé de les étaler sur le pont, à l'abri, qu'ils décongèlent en paix. Grelottant dans son ciré sans manches, Billy jetait les cartons bien plus vite que je ne les vidais. La situation devenait incontrôlable. Les boîtes fusaient de tous côtés sur l'acier détrempé. Dos tourné à la soute, je me suis baissé pour en rattraper une. Sans prévenir, Billy a lancé la suivante, qui est venue me faucher par-derrière. Pendant dix bonnes secondes, j'ai glissé sur le dos au milieu des cartons, sous les hurlements de Curt. « C'est quoi c'bordel! Au boulot! » Il croyait sans doute que j'étais en train de jouer.

L'heure de la pêche approchait. Sous le ciré, mes membres étaient couverts d'ecchymoses. J'ai avalé un sandwich et je suis descendu me coucher. La nuit promettait d'être longue, j'étais éreinté. Ballotté en tous sens, je me suis endormi tant bien que mal dans l'énorme fracas du moteur et des vagues. Curt m'a tiré du lit vers les dix heures du soir, sans ménagement. Il était déjà en ciré, avait enfilé son bonnet et ses gants. La houle n'avait pas faibli, l'hélice sortait de l'eau au sommet des vagues les plus raides, et son arbre grondait au tréfonds du navire. Accroupis sur le pont, Billy et Greta rassemblaient les calamars, qui puaient horriblement. J'ai emporté à l'arrière les bacs déjà pleins, me cognant à chaque pas. Il fallait agir vite. Bruce avait mis le moteur au point mort. Dans cette mer démontée, ça rendait le bateau vulnérable, et nous aussi. La *Perle des Mers* roulait bord sur bord, gémissant sous l'écumeux assaut des déferlantes. La fureur océane haletait dans l'obscurité, me léchant de son souffle tiède. On sentait monter les vagues et le corps se tendait à l'approche de l'impact, inéluctable. La mer demeurait invisible dans l'éblouissement des projecteurs, rendant plus angoissant encore le tumulte des flots. Le monde s'arrêtait aux frontières du pont. Nous étions là pour bosser.

Campé aux commandes, Bruce a enclenché le mécanisme de la bobine, qui s'est mise à dérouler son fil au ralenti. Curt s'est précipité pour saisir l'extrémité de la ligne, l'a tirée vers l'arrière, grimpant sur les coffres avec une stupéfiante agilité. D'un rapide nœud de chaise, il a accroché une balise satellite et trois gros flotteurs, avant de glisser la ligne dans les cylindres de la poupe, destinés à la propulser dans les airs, hors de portée de l'hélice. Billy a jeté par-dessus bord balise et flotteurs et, sur un geste de Curt, le bateau a repris sa course. La ligne se déroulait désormais à pleine vitesse, elle traversait le pont dans un sifflement menaçant, à hauteur d'épaule. Ses nœuds claquaient comme un fouet au passage des cylindres. Mieux valait ne pas la quitter des yeux. Curt nous a réunis à l'arrière. « Bordel, faut s'y mettre ! Moi, j'appâte les avançons. Billy, tu rajoutes les putains d'leurres, t'accroches les avançons à la putain d'ligne. Greta, bouée tous les huit. Allez, on y va ! R'gardez-moi cette saloperie d'ligne qui défile ! » Il s'est glissé entre la caisse et le bastingage, une boîte de calamars à portée de main. Billy a pris position au lanceur, près de la caisse, avec un bac rempli de tubes en plastique. Greta s'occupait des bouées. Je ne savais pas où me mettre. « Putain, toi, t'fous pas dans mes pattes ! » Curt s'est tourné vers l'océan, exaspéré par les hectomètres gâchés. J'allais apprendre à vivre au rythme du perpétuel déroulement de la ligne.

« Écoute-moi, bordel ! Tu vérifies qu'j'ai encore des putains d'calamars. Quand j'en ai plus, t'en ramènes ! Les avançons, pareil : quand y en a plus, raboule une caisse !

— Les avançons ?

— Bordel, t'es con ou quoi ? Les lignes, là, dans la caisse ! Et merde, pose pas de questions ! Dégage !

— Putain, qu'est-ce que vous branlez ? » rugissait Bruce, de l'autre bout du pont.

Curt m'a jeté un regard noir. Il a empoigné

un hameçon, embroché un calamar. Il a sorti la ligne, l'a tendue entre ses deux mains, droit devant lui. D'un geste sec, Billy a fait craquer un tube, qui a aussitôt pris une teinte fluorescente. « Toutes les trois lignes, un leurre », a braillé Curt. Quand Billy a plongé la main dans la caisse pour décrocher la pince, Curt l'a menacé du doigt. « Va falloir se manier. Avant de crocheter c'te putain d'avançon, tu me regardes, pigé ? » Tendant brusquement le bras, il a lancé l'hameçon et le calamar. Le fil s'est tendu, Billy a refermé la pince sur la ligne principale qui giclait du lanceur. La pince a jailli comme d'une catapulte. Billy occupait un poste délicat : s'il accrochait la pince avant que Curt ne lâche l'hameçon, il lui déchirait la main à coup sûr. Le moindre nœud dans les lignes, et c'était le désastre. Greta se tenait prête, une bouée à la main. La boule orange, crochetée à la ligne au bout d'une cordelette, a disparu dans notre sillage. « Tous les huit ! » hurlait Curt.

Je savais désormais ce qu'était une palangre : la ligne principale, porteuse de centaines de lignes secondaires, les avançons. Les bouées augmentaient la flottabilité de la ligne, la stabilisant par cent mètres de fond, là où rôdaient les gros poissons. Mettre à l'eau la palangre était une besogne harassante. Les pinces de fixation, conçues pour résister à des tensions énormes, ne s'ouvraient qu'au prix d'efforts considérables. Pauvre Billy, il n'était pas au bout de ses peines : chacune des six caisses du bord contenait des centaines de lignes. La houle nous prenait de trois-quarts arrière, noyant le pont sous un déluge d'eau et d'écume. Billy trébuchait, ahanait, jurait, manquait de se prendre les mains dans le lanceur, incapable de suivre le rythme dément imprimé par Curt. Lequel scandait, extatique, le décompte des lignes. « Un, deux, TROIS... » Billy plongeait la main dans les leurres, qui glissaient entre ses doigts engourdis de fatigue. « Sept, HUIT... » Greta fixait sa bouée. « CALAMARS, putain ! » Je courais en chercher. « CAISSE, bordel ! » Le plus dur, c'était de traîner les caisses pleines sur ce sol glissant et instable, sans les cogner. Une embardée plus forte que les autres m'a envoyé valser contre le bastingage. J'ai juste eu le temps de me rattraper, avant de passer par-dessus bord. « Abruti, gaffe aux putains d'lignes ! » Pendant sept longues heures, nous avons travaillé sous les vociférations du bosco. Pas moyen de s'arrêter :

rien ni personne ne devait contrarier le défilement souverain de la ligne, qui égayait la nuit de ses lampions orange et bleus. Terré à l'intérieur, face aux écrans de contrôle, Bruce ne sortait que pour beugler : « Plus vite ! » La dernière caisse était vide. Nous en avions fini avec ces damnées lignes. Bruce a bloqué la bobine, débrayé le moteur. En un clin d'œil, Curt a mis en place une balise satellite, deux flotteurs. J'observais sans comprendre quand il s'est jeté vers moi, un couteau à la main. « Écarte-toi, bordel ! » D'un geste sec, il a tranché la ligne, qui m'a sifflé sous le nez.

« Y a un problème ? On abandonne la ligne ?

— Pauv'con : elles servent à quoi, ces putains d'balises ? »

Après avoir rangé le pont et arrimé les caisses, tout le monde est rentré. Les visages trahissaient une extrême fatigue. Billy a préparé le café. Curt avait enlevé ses lunettes et somnolait debout. Je suis sorti prendre l'air. Les projecteurs éteints, on distinguait les vagues, les grands oiseaux marins virevoltant autour du navire. Bientôt, Bruce a fait demi-tour. Nous allions laisser la palangre dériver toute la nuit, suivre ses déplacements sur l'écran du radar, puis rebrousser chemin jusqu'à la première balise, à vingt-cinq milles de là. Dès l'aube, il faudrait remonter la ligne, récupérer nos prises. Il ne leur restait pas beaucoup de temps pour lorgner leurres et calamars. Le tracé rectiligne de la palangre clignotait sur l'écran de contrôle, parallèle au cap du bateau. L'horloge indiquait cinq heures trente. Je me suis couché sans avoir eu la force de me déshabiller, recroquevillé contre le mur, empoignant le matelas à bras-le-corps. Les soubresauts du bateau m'arrachaient les tripes, menaçaient de disjoindre ma cage thoracique. La houle nous prenait quasiment de face.

Quand j'ai ouvert les yeux, Billy me secouait par les épaules, vautré sur moi. « Il est sept heures, debout! » C'est un massage cardiaque qu'il aurait fallu pour me tirer du pieu. À bord, c'était l'enfer. Le bateau bondissait de vague en vague. La balise en vue, il me restait tout juste le temps de boire un café. Autour de la table, l'ambiance n'était pas au dialogue. Curt ronchonnait ses jurons habituels, Billy et Greta bâillaient à s'en décrocher la mâchoire. Quant à Bruce, il restait aussi muet qu'à l'accoutumée. J'émergeais à peine quand il a coupé le moteur. Le bateau roulait comme un bouchon. Tandis que je m'ébouillantais avec le contenu de ma tasse, les autres ont sauté dans leurs bottes. Comme je tardais à réagir, Curt m'est tombé dessus. « Sur le pont, bordel! Va ramasser l'putain d'poiscaille, tant qu'y en a! »

J'ai avalé d'un trait avant de bondir sur le pont, poumons en feu. Le corps ankylosé, perclus de bleus, de courbatures, chaque geste me demandait un prodigieux effort de volonté. En enfilant mes bottes, je me suis vautré tête la première. Curt s'est penché sur moi, cigarette au bec. « Saleté de Français! Trouve-moi du feu au lieu d'jouer au con! » Je lui ai dit d'aller se faire voir. Débarrassés de leurs lunettes, ses petits yeux colériques se plissaient à n'en plus finir dans un effort de mise au point. Il a marché vers la cabine, m'écrasant la main au passage, et il a allumé sa clope, abrité du vent par le revers de son ciré. « Va m'étendre c'te putain de mousse devant les coffres! » J'ai obtempéré. Gorgés d'eau, les tapis pesaient des tonnes. Tandis que j'assemblais ce puzzle sanguinolent, Greta et Billy ont sorti de ses gonds la passerelle latérale, ménageant ainsi une ouverture dans le bastingage, pour pouvoir remonter le poisson. Plus question de faire des glissades. À l'avant, Curt arrimait une paire de caisses vides sous les poulies mécanisées. Il m'a fait signe de venir. « Tu vois ça ? C'est un VIRE-LIGNES. Faudra piger vite fait comment qu'ça marche ! » Bruce a remis en route, droit sur la balise, que Curt a hissée d'un seul coup de gaffe. Bruce lui a arraché la ligne des mains, l'a passée dans le tire-bouchon à côté des vire-lignes puis, d'un nœud savant, l'a raccordée à la bobine. Le ramassage pouvait commencer. Bruce guidait d'une main le bateau, de l'autre il décrochait les lignes à mesure qu'elles butaient sur l'inox. Pendant ce temps, Curt faisait une démonstration de vire-ligne. Empoignant la pince de la première ligne, il a glissé cette dernière entre la poulie et son cylindre, et accroché la pince à l'intérieur de la caisse. Aspirée par la poulie, la ligne jaillissait hors de l'eau, retombant en boucles régulières au fond de la caisse. Curt l'a dégagée au moment où l'hameçon atteignait la poulie. Enfin, il a crocheté l'hameçon à l'emplacement prévu, dans la caisse. Parfaitement entreposée, la ligne était prête à resservir. « Pigé ? » Curt m'a cédé sa place, Billy a pris position devant l'autre machine. Il n'y avait pas eu de répétition générale. Quand le premier hameçon s'est planté dans ma main, j'ai pigé : le défi consistait à dégager la ligne au bon moment. Trop tard, on risquait de s'éborgner. Trop tôt, des nœuds se formaient. Billy n'était guère plus adroit. Propulsé par la poulie, son second hameçon m'a lacéré la pommette. J'avais du sang plein la joue. Affolé, il se confondait en excuses. Bruce l'a empoigné par l'épaule, fulminant : il tenait à la main six lignes, qui menaçaient de s'emmêler. Curt nous a gratifiés d'une volée d'injures, brandissant un couteau de boucher. Au bout d'un quart d'heure, j'ai déniché sous ma poulie une manette qui réglait la vitesse. Curt l'avait bloquée au maximum.

Les calamars étaient intacts. Nous les rejetions à la mer, au grand bonheur des escadrilles de pétrels. Le premier poisson s'est fait attendre vingt bonnes minutes. Un saumon grisâtre aux écailles huileuses, que Curt a étripé en moins de deux. Presque aussitôt, Bruce m'a appelé à la rescousse. Ce qui avait mordu était puissant, massif, vendrait chèrement sa peau. À deux, nous avions du mal à relâcher la tension de la ligne. On ne voyait pas la bête dont la force nerveuse imprimait au fil des mouvements saccadés, qui cisaillaient la surface de l'eau. D'un brusque coup de queue, le poisson nous a déséquilibrés. « Lâche! » a grogné Bruce. J'ai à peine eu le temps de dégager mes mains, la ligne s'est rompue. Fou de rage, Bruce a cogné de toutes ses forces dans la cabine. « Saloperie de putain d'requin d'merde! » Il parlait peu, mais bien. À aucun moment je n'avais aperçu l'animal. Mais pour briser un fil d'un tel calibre, ce devait être un sacré monstre. Déjà, une autre ligne se tendait. Bruce a mis au point mort. « Espadon, nom de Dieu! » À ces mots, Curt a empoigné une gaffe. Bruce a noué une corde en bout de ligne pour assurer sa prise. « Attrape! » Je n'ai d'abord rien senti, aucune résistance. Mais au premier sursaut du poisson, j'ai perdu tout le terrain que j'avais gagné. Centimètre par centimètre, je progressais, bras tétanisés. Quand il repartait à l'assaut, le poisson me plaquait violemment contre le bastingage. Peu à peu, je me suis habitué à ses mouvements, toujours les mêmes, apprenant à me servir de l'inertie du bateau. Il avait dû se débattre une bonne partie de la nuit, montrait ses premiers signes d'épuisement. Le cœur battant à tout rompre, j'ai hissé ce qui restait de ligne. Une silhouette sombre est apparue sous la surface. Un espadon de trois mètres, profilé, musculeux. Une merveille. Quand il s'est trouvé à sa portée, Curt a plongé la gaffe dans l'œil rond du poisson. Bruce a crocheté l'autre. Dans un effort désespéré, l'animal aux abois faisait claquer son rostre contre la coque. Bruce s'est tourné vers moi, rougi par l'effort, la colère. « Chope une gaffe ! » Je ne savais pas où l'enfoncer, par dégoût plus que par maladresse. Au prix d'une lutte acharnée, nous sommes parvenus à sortir de l'eau la tête de l'espadon. Greta a glissé dans sa gueule un large croc, relié au treuil. À la première traction, les os de la mâchoire ont explosé, et l'espadon est retombé à l'eau. À plat ventre sur le pont, j'ai attrapé son rostre. Luttant pour le maintenir à la surface, j'ai cru que mes épaules allaient se disloquer. La seconde tentative était la bonne. L'espadon s'est échoué sur les tapis de mousse, et Curt s'est jeté sur lui avec sa lame. Agenouillé dans le sang, il lui a tranché les nageoires et la queue. C'est alors seulement que l'espadon est mort.

Débarrassé des entrailles, Curt a suspendu le poisson à la balance du treuil. « Eh, Bruce, trois cents putains d'kilos ! » Bruce a poussé un juron. Il m'a tendu une ligne en maugréant : « Requin. »

Coupant le moteur, il s'est engouffré dans la cabine. J'ai dû me battre pour ne pas laisser filer. Le fil, agité de soubresauts incontrôlables, me déchirait les mains. Je sentais le nylon pénétrer la chair de mes paumes. Derrière moi, Billy faisait disparaître les nœuds, qui auraient pu m'arracher un doigt si le poisson décollait. Cette fois, le suspense a duré moins longtemps. L'animal est monté tout de suite au combat. Un requin marteau de grande taille, qui décrivait des cercles de plus en plus réduits à la verticale du bateau. Un guerrier. Il n'avait pas peur, dans son élément il ne craignait personne. Heureusement pour moi, ça devait faire des heures qu'il avait mordu à l'appât. Pourtant, il m'arrachait les bras à chaque battement de queue. Il évoluait en surface à présent, à un mètre cinquante de mes mains. Ses yeux inexpressifs semblaient fixés sur moi, son échine tressaillait comme celle d'un taureau dans l'ultime tercio. Pourquoi me laissait-on ainsi jouer avec la bête ? Quelqu'un allait-il couper cette maudite ligne ? Bruce a jailli de la cabine en braillant : « Putain, sors-lui la tête ! » En me retournant, j'ai failli tout lâcher. Bruce pointait sur moi un fusil de chasse Winchester à canons sciés. Les orifices de sinistre présage passaient et repassaient devant mon ventre au gré des mouvements de la houle. De toutes mes forces, j'ai soulevé la gueule du requin. Bruce a tiré à bout portant. Déflagration ahurissante. Le requin est retombé sur le dos, secoué d'effroyables spasmes. Pris de fureur, Bruce lui a balancé une seconde décharge. « Enculé d'requin ! » Il n'avait plus la force de résister, mais il n'était pas mort. Un œil pendait sur le côté, arraché à l'orbite. Du revers de la main, j'ai essuyé les lambeaux de cervelle, les éclats de cartilage qui me criblaient le visage. Curt et Billy ont crocheté les ouïes du requin, qui vomissaient des torrents de sang. J'aurais dû les aider, mais le vacarme des détonations, l'odeur de la poudre m'avaient tétanisé. Rien ne m'avait préparé à cela.

Le requin gisait sur le tapis. Il bougeait encore, martelant le sol de sa queue. Ne jugeant pas nécessaire de l'achever, Curt lui assenait de grands coups de pied dans le ventre. Il l'a délesté de ses ailerons, de ses nageoires et l'a rejeté à l'eau. Atrocement mutilé. Vivant. Ainsi, la *Perle des Mers* s'adonnait au trafic d'ailerons. À en croire la presse australienne, ces pratiques illégales étaient l'apanage des navires japonais.

L'appât du gain, visiblement, ne connaissait pas de frontières. Notant mon désarroi, Curt s'est approché, sourcil menaçant. « T'as rien vu, putain. » De toute façon, il me semblait avoir rêvé. Ce carnage soudain, le fracas de l'explosion, les convulsions du requin, j'en avais gros sur l'estomac. La pêche reprenait son cours. À quatre heures de l'après-midi, nous avions remonté deux autres espadons, une poignée de saumons. Et six ou sept requins bleus, gris, à rayures fauves, vaste échantillon d'espèces protégées. Chaque fois le même rituel barbare. Une boucherie.

Une fois la pêche finie, les lignes ramassées et le pont nettoyé, je me suis assis sur un seau, dos à la cabine. J'avais les mains en sang, les avant-bras déchiquetés par les hameçons. Le fusil de chasse était posé par terre. Il allait bientôt resservir. En état de choc, je ne parvenais pas à me mêler aux joyeuses discussions des autres, eux qui s'en mettaient plein la panse, fiers du travail accompli. Moi, je n'avais pas faim. La tête me tournait, mon estomac faisait des siennes. L'horizon basculait d'un côté à l'autre, les vagues se brisaient sur la coque. Les pétrels jouaient les acrobates dans le sillage du bateau. Ils se laissaient planer au ras de l'eau, épousant les replis furieux de la mer. Bruce s'est planté à côté de moi, dans l'embrasure de la porte, 22 long rifle sur l'épaule. Un arsenal, ce navire. Mastiquant son sandwich au saucisson, il a mis en joue. Le coup est parti, semant la panique dans la bande. Un oiseau est allé s'écraser sur le dos, ailes désarticulées. Bruce est retourné s'asseoir en silence. Curt pouffait de rire. « T'en as dégommé un? Putain d'malade! » Pris d'un haut-le-cœur, j'ai vomi par-dessus bord. Tête contre le bastingage, il m'a fallu un bon moment pour reprendre mon souffle. Alors, je me suis traîné vers ma couchette. Quelques heures de sommeil et tout irait mieux. Curt me barrait le passage.

« Putain, l'est patraque, not'Français! Jamais foutu les pieds sur un rafiot ou quoi?

— P'têt' sur un aviron! a renchéri Bruce. Hein, Curt, sur un putain d'aviron d'merde! »

D'en bas, je les entendais encore se moquer. Ils reprenaient sans fin leur blague, accumulant les jurons autour du noyau « aviron ». J'avais peur, je commençais à me sentir vraiment mal. Il était pourtant hors de question de se laisser aller, à quatre cents kilomètres des côtes, au premier jour de pêche. Tenir jusqu'au bout, coûte que coûte. Billy claquait des dents sur sa couchette. « Saloperie d'mal de mer. » Il gémissait chaque fois que sa tête heurtait la paroi. J'allais enfin trouver le sommeil quand Curt a fait irruption dans la cale. Il a fouillé son sac puis il est remonté, laissant la lumière allumée. L'interrupteur se trouvait à l'étage, trop loin. La stéréo s'est mise à cracher une musique ultra violente. Voix satanique, guitares saturées, batterie épileptique et basse monocorde, rien ne manquait. L'histoire d'un type poignardé qui, par chance, parvenait à étrangler son agresseur avant de rendre l'âme. « *I kill you, I kill you* », martelait le refrain. Sans trop y croire, j'ai demandé à Curt de laisser tomber. « Putain, bouge ton cul si t'es pas content ! » Il a poussé le volume à fond. On ne savait plus si c'était la musique ou les vagues qui faisaient vibrer la coque. Curt criait : « *I kill you ! I kill you !* » Comme je ne bougeais pas, il s'est énervé.

« Ramène-toi, putain d'Français !

— Lâche-moi, Curt. J'suis pas bien.

— Va t'faire ! Un pêcheur est jamais malade ! »

Je n'avais pas le courage de répondre. Oublier cette musique. Pendant un moment, le calme est revenu à bord. Tout le monde devait dormir.

Je somnolais, parcouru de frissons, quand Curt a collé sa bouche contre mon oreille. « Debout, bordel! C'est r'parti pour un tour! » Une nouvelle nuit commençait. Pendant que les autres avalaient leur platée de pâtes, Billy et moi regardions par les hublots. Une houle démente, et plus un seul oiseau. J'ai aidé Curt à installer les caisses, avant de m'occuper des calamars. À quatre pattes sous une pluie d'embruns, dans la puanteur combinée du diesel, des mollusques, j'ai perdu pied. Je ne sais combien de temps je suis resté inconscient. Quand j'ai repris connaissance, j'étais étalé sur le dos, trempé jusqu'à la moelle. Personne n'avait jugé bon de me relever. J'ai rampé vers un recoin abrité où je me suis blotti, tête dans les genoux. Les yeux fermés, je ne savais plus où j'étais. Plus aucun repère, tout se confondait dans un voile brumeux. Je me sentais partir. Ronde lancinante. Bruce et Curt m'appelaient, leurs voix lointaines se mêlaient au brouhaha du moteur et des vagues. Ils ont fini par m'oublier. Grelottant, nauséeux, j'étais terrorisé. Le mal de mer, le vrai, vous fait envisager la mort comme une délivrance. Moi, je n'avais pas envie de crever, mais je me sentais trop épuisé pour croire en ma survie. Dans ma détresse, je les voyais me descendre d'un coup de fusil. Je ne servais plus à rien. Ça a duré une heure ou deux. Alors, une énergie soudaine m'a irradié le corps. J'étais là pour travailler, j'allais travailler. Les yeux grands ouverts, lucide à l'extrême, j'ai repris ma place à l'arrière. Personne n'a fait de commentaire. Mes mains exécutaient leur tâche, machinales. Je ne pensais à rien, ne posais plus de questions. C'était la seule façon de m'en sortir sur ce bateau. Au petit matin, je me suis effondré. Ma couchette puait la charogne.

Nuit après nuit, nous jetions nos lignes à la mer, pour les récupérer le matin, mangeant peu, dormant moins encore. Je partageais le lanceur avec Billy, un soir sur deux. Curt et moi, en tête à tête pendant sept heures. « Plus vite, putain ! Plus vite ! » Le cauchemar. Je me dépêtrais des pinces, des lignes, des leurres, un œil sur Curt, l'autre sur le lanceur et les vagues qui giflaient la poupe. Un soir, épuisé, oppressé par ses cris, j'ai accroché trop tôt une ligne. Curt n'avait pas lâché l'hameçon, le tranchant de la pointe lui a frôlé les chairs. « Putain d'bordel, espèce d'abruti, tu l'fais exprès ou quoi ? » Depuis, il restait sur ses gardes. À chaque hameçon, il

m'assenait : « Regarde-moi, putain! Regarde! »
À force de manipuler les pinces métalliques, mon avant-bras était perclus de crampes, mes mains pissaient le sang, couvertes d'ampoules écorchées. Je les protégeais tant bien que mal avec du ruban adhésif, mais l'eau salée creusait au cœur de mes plaies des sillons chaque jour plus profonds. Un supplice. Quand Bruce me tendait le fusil, je me débrouillais toujours pour le refiler à un autre. Pas question de toucher au flingue, c'était mon unique résistance. Pour le reste, l'alternative, c'était de rentrer à la nage.

Fatigue aidant, les hommes sont devenus plus cruels encore, jusqu'à dérailler. Le grand beau revenu, la houle avait faibli. Nous avions engrangé cinq ou six thons à nageoires jaunes, la prise idéale. Ronds comme des tonneaux, capables de vous briser le tibia d'un coup de queue, ces poissons scintillants forçaient l'admiration. Surtout, ils se vendaient à prix d'or sur le marché japonais. Comme l'armateur payait en proportion des ventes, Bruce et Curt exultaient. Après tout, c'était quand même ça que nous étions venus pêcher. À chaque nouvelle prise, ils se congratulaient bruyamment, comme des chercheurs d'or qui auraient déniché enfin le filon tant rêvé. Mais un matin, nous avons remonté une tête de thon privée de corps, puis deux autres. L'énervement, la frustration étaient palpables. « Putain d'enculé ! » a gueulé Bruce, frappant du pied dans la cabine. Un requin bleu se débattait à quelques encablures du bateau. Hameçon fiché dans les ouïes, il avait lutté toute la nuit, causant une pagaille immense dans les lignes. Mis en rage par le chaos de ces fils emmêlés, Bruce s'en est chargé lui-même. Il était fort, le rouquin hargneux, planté sur ses jambes arquées. Mais ce requin-là offrait une résistance acharnée. À plusieurs reprises, Bruce a manqué basculer par-dessus bord. Je priais pour que la ligne casse, que Bruce laisse tomber, que ce requin échappe au couteau. Bruce fatiguait, j'ai proposé de couper la ligne. Il m'a jeté un regard fou. « Ta gueule ! Putain de Dieu, j'vais m'le faire, c't'enculé ! » Ce qui se jouait sous nos yeux allait bien au-delà de deux ou trois ailerons fourgués au marché noir. Bruce avait un compte à régler. Le requin paierait pour sa race. Et, on le devinait, pour bien d'autres choses encore. Il fallait bien que quelqu'un paie. Plié en deux au-dessus du bastingage, Bruce respirait par intermittence, quand l'animal se reposait. Un coup de butoir plus puissant l'a fait chanceler. Curt s'est précipité vers lui. Je n'ai pu m'empêcher de crier : « Coupez la ligne ! » Hors de lui, Bruce a repoussé Curt d'un coup de poing. « Fusil, bordel de merde ! » Curt a ramené la Winchester et des cartouches de chevrotine. « Putain d'putain, tu vas morfler ! » Dans un effort bestial, au bord de l'implosion, Bruce a redressé la tête du requin. Deux décharges ont suffi pour le sonner. Facile, à bout portant, même pour un myope. Mais le requin refusait de capituler. Il battait de la queue avec frénésie, se fracassait la tête contre la coque. Ses mâchoires acérées claquaient dans le vide, essayant de happer les crochets de nos gaffes, de sectionner la ligne. « Putain, t'en as pas eu assez, hein ? » Curt rechargeait le fusil, mais Bruce lui a fait signe que non : « Gaspille pas, bordel ! » Il a fallu s'y mettre à trois pour le remonter. L'hameçon et la chevrotine lui avaient déchiré les ouïes, qui se dérobaient sous nos coups. Bruce bavait d'impatience. « Chopez-le sous les ailerons, c't'enculé ! » Les crocs ricochaient sur la peau glissante et rigide du squale. Enfin, il a basculé sur le pont, inerte. Curt lui a asséné un coup de pied dans la tête. « Tiens, connard, pour les thons ! »

Au moment où il essayait de le tourner sur le ventre, le requin s'est détendu et l'a mordu au genou. « Ah, le bâtard ! » Une auréole de sang souillait la toile du pantalon. Perdant tout contrôle, Curt a roué de coups le ventre de la bête, qui rendait un son sourd et cartilagineux. Il fulminait, le couvrait d'injures, lui reprochait tous les maux de la terre, d'avoir foutu le bordel dans les lignes, d'avoir bouffé nos thons. D'être requin, en somme. Au bout d'un moment, Curt a recouvré un semblant de calme. Le souffle court, en nage, il a pris le couteau pour trancher les ailerons. Sa besogne accomplie, il a traîné la carcasse pour la rejeter à l'eau. Au dernier moment, il s'est ravisé. De la pointe du couteau, il s'est mis à tailler des motifs géométriques sur les flancs du requin. « Putain d'enculé, tu mouftes plus, hein ? » À l'écart, Bruce approuvait l'action d'une voix qui trahissait la jouissance. « Putain, t'es cinglé, toi ! » Dans sa bouche, ça sonnait comme un compliment. Puis il s'est approché, poignard en main. Une danse macabre s'est engagée. À tour de rôle, les bourreaux traçaient des lignes sanglantes sur le corps gris de l'animal. Il y avait dans leur ballet toute la folie des hommes. Je n'étais pas de taille à m'y opposer. Bruce s'est lassé le premier. Il a essuyé sur le tapis de mousse son arme ensanglantée et repris sa place aux commandes. Comme un gamin tenté par la bêtise de trop, Curt l'a interpellé. « Putain, Bruce, regarde ça ! » Appliqué, il a glissé la lame sous l'œil du requin, pour l'arracher à son orbite. Alors, il a pris dans sa main le globe vitreux et l'a écrabouillé au creux de sa paume, refermant lentement les doigts dans un grouillement visqueux. Là, personne n'a bronché. Empoignant le requin, dont le corps massacré tombait en lambeaux, Curt s'est tourné vers moi, un sourire de défi aux lèvres. « Hé ! l'Français, tu r'gardes le paysage ou quoi ? Débarrasse-moi de c'te salope ! » Encaissant la provocation, une boule au fond de la gorge, je n'ai pas esquissé un geste.

Curt s'est acharné sur moi tout le reste de l'après-midi. J'avais les nerfs à fleur de peau, ce n'est jamais très bon sur un bateau. Sa musique de décérébré, qu'un haut-parleur surpuissant diffusait sur le pont, était peu propice à la relaxation. Quoi que je fasse, je l'avais sur le dos. À la moindre erreur, au premier faux pas, il me tombait dessus, m'éjectait de l'épaule pour me remplacer. Deux ou trois fois, je lui ai dit de m'oublier. Il répondait à mes remarques d'un cinglant « Putain d'Français ! » Il mettait un point d'honneur à remonter les lignes à un rythme vertigineux. Connaissait son job, lui. À trop vouloir en faire, il a manqué un hameçon, dont le tranchant est venu ébrécher mes lunettes de soleil. Une chance qu'il ait fait beau ce jour-là.

« Ça va pas ! T'as failli m'éborgner !

— C'est l'métier qui rentre.

— Va t'faire foutre, connard ! »

Il m'a collé une claque sur le front, qui cherchait à faire mal. Le sang m'est monté à la tête, j'ai repoussé son bras et me suis jeté sur lui, épaule en avant. Surpris par le choc, il s'est écroulé sur le dos. Penché sur lui, poings serrés, j'étais prêt à tout. Au moindre geste, je lui brisais le nez. Fini de jouer. Il m'a toisé, le regard soudain froid. J'ai vu l'éclat de sa lame à deux doigts de mon ventre. Il a roulé sur le côté et s'est relevé d'un bond sans me quitter des yeux. Pas l'endroit.

Le ramassage des lignes touchait à sa fin quand Bruce a poussé un grognement admiratif. Un thon à nageoires jaunes faisait des bonds dans l'eau, pris au piège. Je me suis précipité pour le gaffer. J'ai manqué l'œil, mon croc a frôlé le ventre argenté du poisson. Bruce m'a arrêté de justesse en empoignant le manche. « Putain de Dieu! Dans l'œil, j't'ai dit! Deux cents putains de dollars, bordel de Dieu! Tu l'touches, j'te bute! » Facile à dire. Le poisson s'ébrouait dans un torrent d'écume. D'un coup, un seul, Curt a crocheté l'œil du poisson. « Tu vois, l'Français, c'est pas une putain d'fête foraine, ici! » Il était temps que ça se termine. Une violence sourde, insidieuse s'était emparée de moi, je ne m'appartenais plus. Le thon s'agitait sur le pont. Billy et Greta l'ont immobilisé pendant que Curt découpait un carré de chair à l'arrière de sa tête. Plongeant ses mains dans le sang, il a enfoncé un câble au fond de la plaie, fouillant pour atteindre la moelle épinière. Les convulsions ont cessé d'un coup. Les thons méritaient un traitement de faveur, leur chair délicate s'accommodait mal d'une mort douloureuse.

Le soir, j'observais la Croix du Sud, seul sur le pont, quand Curt s'est approché de moi. « Eh, l'Français. J'aime pas comme t'as réagi tout à l'heure. Si j'mets pas un peu d'ordre sur ce putain d'bateau, c'est l'bordel assuré. J'ai pas le temps d'causer, moi. J'suis là pour te montrer. Si tu piges pas, c'est ton putain d'problème. » On baignait en pleine littérature. Le marin endurci maltraitait son mousse, mais c'est le métier qui voulait ça. Découvrirait-on à la fin que le type avait un bon fond, une réelle sympathie pour le petit nouveau ? Ça ne collait pas. Difficile de faire plus vicieux que ce bosco-là. Le capitaine au grand cœur, lui, avait dû rester à quai. J'avais eu l'occasion d'admirer Bruce dans ses œuvres. La veille, un immense poisson-lune s'était pris dans nos lignes. Il flottait sur l'arrière, battant l'eau de ses nageoires atrophiées. Un monstre de trois mètres sur trois, qui pesait plus d'une tonne, absolument inoffensif. J'ai pensé que Bruce couperait les lignes. Ce qu'il a fait, après l'avoir criblé de chevrotine. Sans savoir pourquoi, d'ailleurs, à en juger par l'hébétude de son regard tandis qu'il jetait les douilles à la mer. La masse inerte s'est enfoncée lentement dans les eaux sombres de l'océan. Voilà quel sort la *Perle des Mers* réservait à l'Indien.

Il n'y avait guère qu'avec Billy que je parvenais à m'entendre. Il était novice, comme moi, mais pas si malheureux. L'important, pour lui, c'était que la campagne de pêche se termine au plus vite et que l'argent rapplique. En attendant, il bossait à son rythme sans se formaliser. Quand Bruce et Curt dépassaient les bornes, on lisait de l'embarras sur son visage. Ce n'était pas sa vision de la pêche, mais il refusait d'interroger ce qui se passait à bord. Il avait un autre avantage sur moi : ses goûts musicaux. Quand Curt passait son disque, il ne bronchait pas. « C'est pas mal, hein ? Mais moi, j'écoute des trucs, putain, ça déménage ! » Quand le rythme du ramassage devenait trop soutenu, il laissait tomber une ligne à la mer, par-ci par-là, histoire de combler son retard sans se tuer à la tâche. « Une de moins », murmurait-il. Absorbé dans la surveillance de mes gestes, Curt n'y voyait que du feu. « Quel con, celui-là ! » reconnaissait Billy, ce qui l'autorisait à tout accepter sans se compromettre. Greta calquait son attitude sur celle des deux autres. Être femme sur cette nef des fous, ce n'était pas une mince affaire. Alors, elle se faisait plus virile que ses deux mentors et jurait sans arrêt, jusque dans son sommeil. Elle s'était spécialisée dans les petits poissons. Dès qu'un saumon pointait son nez, elle l'attrapait, le plaquait au sol et, du talon, lui broyait lentement la tête pour la vider de son contenu. Bruce en raffolait, plus encore que des fantaisies de Curt. Au début du voyage, Greta avait fait preuve à mon égard d'une certaine bienveillance. Dès l'instant où Curt m'avait pris en grippe, elle avait suivi. J'avais donc droit en permanence au chœur polyphonique de leurs deux voix, l'aiguë, la grave. Comme je refusais de me servir du fusil, Greta me traitait de « putain d'gonzesse ». En d'autres circonstances, je l'aurais mal pris. Mais j'étais devenu hermétique aux outrages, qui pleuvaient comme des embruns sur le pont de ce navire. Son petit numéro devait finir par mal tourner. Deux jours avant la fin, elle a décidé de s'occuper des requins. Un exercice périlleux, elle ne pesait pas lourd. Tout le monde le savait, mais ils l'ont laissée faire, curieux. Au premier écart de son premier requin, Greta a tenu le coup. Au deuxième, elle a fait deux pas en avant. Au troisième, elle a tout lâché. Elle a eu moins de chance avec celui d'après. À peine venait-elle de décrocher la ligne que le requin a démarré en trombe, sans laisser le temps à Billy de démêler un nœud. La ligne est partie, Greta a poussé un horrible juron. Pliée en deux, le visage grimaçant, elle se tenait la main en hurlant comme une dingue. Les autres se marraient. Leurs rires ont cessé quand une mare de sang s'est formée à ses pieds. Une boucle lui avait sectionné trois doigts, en biais, juste sous la base des ongles. Pas trace des morceaux manquants, ils avaient dû tomber à l'eau. Retenant ses larmes, Greta maudissait encore et encore le « putain d'requin ». Bruce a coupé la ligne. « Va foutre ta main dans l'eau salée, bordel ! » Je l'ai aidée à s'asseoir sur la banquette.

« Ça fait mal, putain ! C'que ça fait mal...

— Ça va aller, t'es courageuse.

— Faut bien, putain. Allez, dégage ! J'ai pas b'soin qu'on s'occupe de moi. »

Elle n'avait pas le choix. Dehors, la pêche avait repris de plus belle. Bruce enrageait. L'accident lui faisait courir de gros risques. Curt était le seul équipier déclaré, les autres travaillaient au noir. Pas question d'appeler les secours. Nous enchaînions les lignes plus vite que jamais. Deux heures plus tard, Greta ne donnait aucun signe de vie. J'ai jeté un coup d'œil à travers le hublot. Elle n'avait pas bougé. Visage livide, elle s'était enfoncé une serviette dans la bouche pour étouffer ses cris. M'apercevant, elle a fait mine de s'essuyer les lèvres. Billy est venu aux nouvelles. « Pas terrible. Il lui faut un docteur. » Curt m'a interrompu, furieux : « Putain, elle est forte. Y a pas d'problème ! » Elle était forte. Mais à terre, elle se rendrait compte. Elle redeviendrait femme, alors. Une jolie fille à la main difforme. Greta a gémi toute la nuit, incapable de trouver le sommeil. Ce qui n'a pas empêché Bruce de mettre les lignes à l'eau une dernière fois. Au petit matin, la main avait doublé de volume. J'ai refait son bandage. Elle blêmissait au moindre choc. Elle avait perdu beaucoup de sang, ses gestes mal assurés trahissaient une extrême faiblesse. Devant l'étendue des dégâts, elle détournait le regard en murmurant : « Mon Dieu, Ô mon Dieu ! » J'ai nettoyé les plaies, que j'ai enveloppées de compresses. Greta a repris le dessus, m'a fait signe de ne pas m'inquiéter. Il n'y avait pas de temps à perdre. Mais avant de faire demi-tour, il fallait terminer la pêche. Bruce et Curt ont haussé le rythme. Traumatisé par l'accident, Billy redoublait de prudence. La cadence du ramassage s'en ressentait. Pour compenser, il sacrifiait les lignes à tour de bras.

La dernière balise à peine remontée, Bruce a mis le cap sur Fremantle, moteur à plein régime.

Les cuves à saumure étaient pleines, plus aucune raison de s'attarder. Bruce et Curt se congratulaient mutuellement d'un flot de grossièretés. La pêche était bonne. Curt a planqué les ailerons dans la cale. Il en est ressorti avec deux balais-brosses, des seaux et un baril de détergent industriel. « J'veux plus une goutte de sang, bordel ! » Les armateurs exigeaient un bateau d'une propreté irréprochable. Évidemment. Ils vendaient du poisson frais, pas massacré. Billy et moi étions priés de faire disparaître les traces. J'ai aspergé d'eau les tapis imbibés de sang et de morceaux d'entrailles. Les filets d'eau écarlate s'écoulaient par les sabords, charriant des débris putréfiés. Nous avons remisé les couteaux, arrimé les gaffes, les caisses, brossé le pont, le bastingage. Fusil et carabine avaient disparu. Les propriétaires de la *Perle des Mers* pouvaient être fiers de leurs hommes de main. L'équipage semblait revenir d'une croisière dans les îles. Restait plus qu'à ranger les cirés et l'illusion serait complète. À condition de bâillonner à fond de cale le capitaine et son second.

Je me suis couché le ventre vide, sombrant aussitôt dans un profond sommeil. Bruce m'a réveillé à trois heures pour prendre le quart.

Pour la première fois depuis près de quinze jours, j'avais l'impression d'être en mer. Verres et bouteilles s'entrechoquaient sur les étagères, dans un cliquetis musical. Le flux régulier de l'eau contre la coque invitait à la rêverie, la nuit océane brillait d'un million de feux. J'ai prolongé mon quart, perdu dans la contemplation des oiseaux marins qui nous ramenaient vers la terre. Il était temps de réveiller Billy. J'ai dû lui mettre une claque pour qu'il ouvre les yeux. Mais il m'a envoyé au diable. Le bateau pouvait bien couler, lui avec, pourvu qu'on le laisse dormir. Je me suis fait un plaisir de secouer Curt. « J'étais de premier quart, bordel », a-t-il grogné. Feignant l'innocence, j'ai offert d'assurer la veille. « Va t'coucher, putain. » Curt n'aurait laissé à personne le soin de se sacrifier pour la bonne marche du bateau. Greta a somnolé toute la journée, en nage, le souffle lourd. Elle avait refusé de changer le pansement, la douleur était trop aiguë. Elle n'avait même plus la force de manger, parlait à grand-peine. Mais elle était consciente, presque soulagée. Elle avait échappé au pire. À l'approche du but, Bruce et Curt s'étaient détendus. La chaîne passait en boucle un vieil album d'AC/DC. Par contraste, on aurait dit de la musique de chambre. Chacun comparait ses projets pour les jours de relâche. Les pubs étaient les mêmes, seul l'ordre différait. À ma grande surprise, Curt s'intéressait à mon avenir. « Ah ouais ? Tu veux aller à Broome ? Comment qu'tu vas t'y prendre ? En putain d'aviron ? La saison des pluies, ça t'dit rien ? Saloperie d'Nord. D'façon, personne y va. Y a qu'des mouches, des cyclones et des putains d'abos ! »

Nous sommes rentrés au port en fin d'après-midi. Un camion frigorifique patientait sur le quai. Les plus belles pièces prendraient le premier vol pour le Japon. L'ami de Greta est monté à bord, fou d'inquiétude. Je l'ai aidé à la porter jusqu'à sa voiture. Elle était en larmes. Sans dire un mot, Bruce a posé une enveloppe sur le tableau de bord, et ils ont disparu. Le déchargement touchait à sa fin quand un yacht flambant neuf nous a accosté, que manœuvraient des bellâtres body-buildés. Un sexagénaire, brushing impeccable, est sorti sur la passerelle. Il a inspecté du regard la *Perle des Mers*. Il portait une chemise de marque sur son pantalon de coutil, tenue peu adaptée à la dissection des requins. Tout miel, Bruce énonçait des chiffres qui comblaient d'aise son commanditaire. « Les Japs raffolent du thon en ce moment, les prix sont au plus haut. » Il est reparti sans même jeter un œil aux carcasses. Billy s'est éclipsé sans demander son reste, me laissant seul avec Bruce et Curt. Je voulais mon argent. « Quand l'poisson s'ra vendu, a grommelé Bruce. Reviens d'ici trois semaines. » Trois semaines. J'ai négocié une avance, que Bruce m'a accordée sans hésiter, trop heureux de m'arnaquer. « J't'enverrai un chèque, pour le reste. Sauf les ailerons. C'est cash, ou rien. » Ça m'arrangeait, au fond. J'ai pris mon sac et je suis descendu à terre. Curt m'a interpellé du haut de la passerelle. « T'as assuré, bordel, pour une putain d'bleusaille. » Au bout du quai, j'ai croisé le séducteur à la mâchoire cassée, qui venait déposer ses affaires dans l'attente du prochain voyage. « Belle marée, y paraît. T'as d'la veine ! »

Le temps de prendre une douche à l'hôtel et je me suis lancé dans la nuit, assoiffé. J'ai écumé les pubs, avant d'échouer au bar d'une boîte sordide. Éclairé au néon, le carrelage blanc des murs avait de sinistres allures d'hôpital. La clientèle n'aurait pas déparé en section psychiatrique. Affalé sur le comptoir, j'ai vidé une bouteille de rhum, impuissante à calmer le tremblement de mes mains, striées de profondes entailles. Assis à côté de moi, un tatoué me dévisageait, rictus hostile. Son haleine empestait le mauvais whisky. Il a tapé du poing sur le bar, son verre s'est renversé sur moi. Je me suis levé, il m'a collé un uppercut dans les côtes flottantes. Plié en deux, souffle coupé, j'ai senti quelqu'un me pousser. Un vieux marin, taillé comme un boxeur poids lourd. Son crochet du droit s'est abattu sur le menton de mon agresseur, qui est allé s'écraser sur une table. Fracas de verre brisé. Des clans se formaient. Je me suis jeté dans la cohue, tête baissée, cognant de toutes mes forces dans les obstacles qui se dressaient sur mon chemin. Un videur maori a tenté de me ceinturer, je l'ai assommé d'un coup de tête. J'avançais en hurlant, comme fou. De l'air. Le vieux marin est venu à ma rescousse et m'a guidé vers la sortie. Une bouteille de bourbon s'est brisée sur sa nuque, il s'est écroulé. Une sirène de police retentissait au coin de la rue. Je me suis tiré en longeant les murs. J'ai erré, vacillant, dans le calme du petit jour. Une vieille dame qui promenait son chien m'a ramené à l'hôtel. Quand je me suis laissé tomber sur le lit, le plafond du dortoir s'est mis à tournoyer. Mon voisin ronflait douloureusement dans l'obscurité. Je lui ai foutu une claque. Avant qu'il comprenne ce qui lui arrivait, je dormais comme une brute.

Déroute

Je suis resté au lit toute la journée, fiévreux et nauséeux. J'avais du mal à encaisser. À chaque souffle, la douleur me perçait le flanc. Une côte fêlée, peut-être deux. La chair à vif de mes mains me faisait atrocement souffrir. Une nouvelle nuit est tombée. Affamé, je me suis traîné dans le couloir. La salle multimédia affichait complet, un atelier bijoux battait son plein sur la terrasse, dans l'âcre fumée des pétards. Une Hollandaise entre deux âges exhibait fièrement sa mâchoire de requin achetée sur le port. Vautré sous un banc, un punk japonais cuvait son gin bon marché, yeux révulsés. Babel de bas étage. Décamper au plus vite. Pour aller où, au juste ? Plus question de faire demi-tour. Je ne laissais derrière moi que des terres brûlées. Mais Broome, c'était le bout du monde. J'étais à peine capable de mettre un pied devant l'autre. Sur le tableau d'annonces, une note manuscrite promettait : « *Italiens cools cherchent passager. Destination* : *le Nord.* » Ivan et Maria. Je les ai trouvés dans la cuisine, où ils se disputaient autour d'une casserole, différend qui portait sur les pâtes *al dente*. En route pour Darwin, le Territoire-du-Nord, ils sont tombés d'accord pour m'emmener à Broome. « Avec nous, tu vas t'éclater », s'est exclamé Ivan. Rendez-vous au petit matin.

Le soleil était haut quand nous avons appareillé, non sans avoir chargé dans leur vieille Ford jaune tout un tas de babioles. Un vrai convoi humanitaire : une valise entière de chaussures, une batterie de cuisine et un plein carton d'aromates. J'ai fourré dans la boîte à gants les articles de farces et attrapes. Maria sanglotait à l'arrière. Tous ses nouveaux amis l'avaient conviée dans des villes où elle n'irait jamais. Sa beauté était stupéfiante. Vingt ans à peine, des jambes vertigineuses, une poitrine de madone. Sa longue chevelure noire encadrait des yeux vert émeraude, une bouche aux courbes parfaites. Une sensualité d'autant plus troublante qu'elle s'ignorait encore. Peu après Perth, l'autoroute se scindait en deux. Une fois engagé, on en prenait pour deux mille kilomètres. À droite, les plaines désertiques de l'arrière-pays, parsemées de villages miniers sur lesquels couraient des rumeurs épouvantables. Maria a hurlé : « *Alla spiaggia!* » Ivan a pris à gauche, vers la côte. En fin d'après-midi, une pluie torrentielle s'est abattue sur nous. Comme on ne voyait pas à cinq mètres, nous nous sommes arrêtés pour la nuit dans un camp de pêcheurs. Ivan a sonné plusieurs fois avant qu'une mégère mal peignée daigne ouvrir la porte. « Vous avez réservé ? » Elle se payait notre tête, à l'évidence. Sous son doigt s'étalait, vierge, le plan d'occupation. Deux hommes, une femme. Son regard exprimait la désapprobation. « Z'avez d'la chance, y reste un mobile home de libre. » Son argent encaissé, elle nous a jetés dehors. L'intérieur de la caravane puait l'humidité. Maria a vidé tous les tiroirs à la recherche d'une casserole. « Ce soir, risotto aux champignons noirs ! » Ivan s'est assis près de moi sur le canapé éventré. « Elle est extra, hein ? » Sa mimique grivoise laissait entendre que tout se passait pour le mieux.

À ce train-là, nous n'atteindrions jamais Broome. Nous empruntions les pistes les plus cabossées de l'État, plage après plage. Elles étaient toutes plus tristes les unes que les autres.

Maria semblait ne jamais devoir s'en lasser. Posant sa serviette sur un lit d'algues, de bois flotté, elle s'allongeait à demi nue, frissonnant de plaisir aux caresses du soleil. Ivan pataugeait comme un gosse dans une eau tiède et sale. Je patientais des heures durant, sans rien faire, à l'ombre de la Ford. Dans la chaleur ambiante, les plaies infectées de mes bras suintaient abondamment. Nous passions nos soirées en quête du campement idéal. Ivan rêvait de sites sauvages, Maria ne cédait rien sur son confort. Elle préférait la mer, lui la campagne. À se demander ce qu'ils faisaient ensemble. Ils partageaient une tente, mais ne s'embrassaient pas. Ivan prenait la pose idiote d'un homme protecteur, dur mais compréhensif. Maria ne faisait aucun cas de ses attentions. Prostré contre ma vitre, j'observais, distant, l'exquise futilité de leur équipée. Bon Dieu, ce voyage n'avait aucun sens. Ivan et Maria, eux, s'en réjouissaient. Moi, ça me nouait les tripes. Leur légèreté même me blessait. Il aurait fallu que je parte, mais j'avais peur du vide. Et puis les éléments se liguaient contre moi. La saison des pluies s'éternisait sous les tropiques. La route du nord demeurait fermée, pour combien de temps encore ?

Un soir, nous campions au bord d'une rivière, on devinait dans la pénombre, en contrebas, une caravane en toile, deux silhouettes immobiles. Le chien a grogné en entendant mon pas. Il ressemblait à un dingo. Un homme au visage buriné s'est levé pour m'accueillir. « Je m'appelle John, et voici Rose, mon épouse. » Ils vivaient ici depuis plusieurs semaines, mais bientôt il faudrait partir. Délai légal expiré. John parlait calmement, s'interrompant parfois pour siroter son thé, main calleuse posée sur l'épaule de Rose. Je les ai laissés à leur intimité. Ivan et Maria avaient rassemblé du bois mort pour le feu. Dans cet environnement aride, les branches de conifères flambaient furieusement, le vent emportait avec lui des épines incandescentes. J'ai étouffé les flammes sous une grosse souche. Harcelés par les moustiques, mes Italiens ont préféré battre en retraite, m'abandonnant au crépitement des braises, dans le refuge de la fumée. Le faisceau d'une torche m'a soudain ébloui. Un homme se dressait devant moi, de l'autre côté du feu. « Désolé, j'voulais pas vous faire peur. On est garés là-bas. J'ai vu votre feu, j'passais juste dire bonsoir. » Je lui ai offert de partager mon thé. « Non, merci. J'vais aider ma

femme à coucher les p'tites. Savez c'que c'est... »
Il a baissé les yeux, ému. C'était sans doute là
l'unique raison de sa visite. Je n'ai pas eu le
temps de lui dire que c'était mon anniversaire.

Pâques approchait, et Maria n'imaginait pas
se passer d'une messe. Pas d'église catholique
avant le bourg de Kalbarri, à trois cents kilomètres au nord. Dieu me venait en aide. Dans
la voiture, Maria songeait tout haut à la
magnificence des offices romains. À Kalbarri, le
culte s'accommodait d'un modeste préfabriqué.
Debout sur le parvis, un jeune homme ténébreux, vêtu d'une soutane, tirait nerveusement
sur sa cigarette. « C'est quoi, ce prêtre ? » a soupiré Maria, désemparée. « Un prêtre australien »,
s'est gaussé Ivan. Le maître de cérémonie a jeté
son mégot, et la troupe des ouailles l'a suivi dans
le temple. Performance à guichets fermés. Le
reste du village baignait dans le silence, désert.
Deux rues à angle droit d'une envergure démesurée, plantées de pins de Norfolk plus que centenaires. Les colons avaient cru en des lendemains prospères. Un hâbleur rougeaud, cachant
de longs cheveux filasse sous son chapeau de
cuir craquelé, nous a tendu des prospectus.
« Safari au cochon sauvage. » L'occasion d'asti-

quer son flingue, d'écluser entre potes. Ivan était enthousiaste.

« Ça, ce serait cool. Tu viendrais avec moi ?

— Je voudrais pas te décevoir, Ivan, mais je ne crois pas qu'ce soit une si bonne idée. J'connais des tas d'histoires comme ça. Trois types partent à la chasse après la fermeture du pub. À l'affût dans un arbre, ils poireautent des heures et des heures. Au petit matin, il fait froid, l'un des trois en a marre, descend de sa branche. Les autres lui crient de revenir, il leur faut un cochon. Mais leur pote ne veut rien entendre. Alors, ils se bagarrent, le coup part. Là, ils l'enterrent au pied de l'arbre, ni vu ni connu. Bien sûr, on retrouve le corps. En général, l'autopsie montre qu'il s'est débattu dans son trou, car il n'était pas vraiment mort. »

À l'église, les retardataires suivaient la cérémonie à travers les fenêtres ouvertes, répercutant la bonne parole à ceux qui se trouvaient derrière. Au moment de la communion, le prêtre s'est penché au-dehors pour déposer l'hostie. Après la messe, il s'est délecté, rayonnant, des compliments de ses fidèles. Essentiellement des femmes, qu'on devinait conquises. Denier du culte, veuves esseulées. Maria est sortie la dernière. Il a pris ses mains dans les siennes. « Votre ferveur fait plaisir à voir. » Maria nous a fait signe, le prêtre a perdu de sa superbe. Il nous trouvait moins fervents qu'elle, ça sautait aux yeux. Prétextant une visite au chevet d'un mourant, il s'est esquivé dans son Land Cruiser flambant neuf. Au volant de sa vieille guimbarde, Ivan s'est lancé dans une diatribe contre l'Église, les curaillons. Maria ne l'entendait pas, elle contemplait les cieux. Ivan s'est arrêté pour faire le plein. Maria planait encore dans les sphères célestes, frappée par la grâce, irradiant le bonheur.

« Tu sais, à Rome, dans mon quartier, il y a une église magnifique où je me rends chaque soir. J'ai même songé à me faire nonne.

— Mais les hommes...

— Ne te fais surtout pas d'idées. Je me marierai vierge ! »

Ivan nous a rejoints, fier comme un coq. « J'adore l'Australie, *amore mio* ! » Il a tenté de l'embrasser, elle l'a repoussé, rougissant. Chacun avait de bonnes raisons de me mentir. Virginité contre virilité.

Le lendemain, ils ont fait un large détour par le bourg de Denham, connu dans tout le pays pour ses dauphins apprivoisés. Le bunker bétonné du complexe touristique dressait sa sinistre façade en amont d'une crique. « Fermé pour la journée. Attaque de requin. » Maria était en état de choc. Ivan a jeté un regard circulaire, soucieux de la distraire. Juste en face du complexe, une piste sablonneuse menait au parc naturel, qui occupait l'extrême pointe de la péninsule. Une corde en barrait l'accès, portant une pancarte « Réservé aux 4 × 4 ». Ivan a défait le nœud. « Suffit d'savoir s'y prendre. » Le sable était profond, il fallait rouler vite pour ne pas s'enfoncer. Ivan exultait. La voiture lui échappait dans les courbes, flirtant avec le bas-côté. « Quel pilote, hein! » Tourné vers Maria, il n'a pas vu l'ornière. La voiture a tapé une pierre dans un grincement effroyable, les roues se sont bloquées. Sous le capot, l'apocalypse. Arraché à ses gonds, le moteur avait basculé vers l'avant, et les pales de ventilation éventraient le radiateur. Pendant qu'Ivan pleurnichait sur son sort, j'ai regardé Maria empiler sur le sable un grotesque capharnaüm. Alors, ses grands yeux clairs se sont posés sur moi. « J'en peux plus, tu sais. Je crois bien que je vais partir. » Puis elle a éclaté d'un rire d'insouciance. Le ranger du parc, de retour d'une ronde, nous a remorqués jusqu'au garage local. « C'est réparable », diagnostiquait le mécano. Ivan exigeait un prix. « Je sais pas, faudra voir. Y en a pour une semaine, le temps qu'les pièces arrivent. » Nous avons campé sur la plage. Les Italiens ont passé le repas à se disputer. Maria évoquait les aborigènes, leurs histoires de rêves, de *walk-about*. Ivan raillait sa naïveté. « Ceux-là, on en fait tout un foin. Mais j'vais vous dire : ils sont vachement surestimés. À Sydney, j'les ai vus, moi. Bourrés toute la journée, ils agressent les touristes. Ils m'ont braqué mon portefeuille. Pour un peu, ils m'auraient planté. Alors, faut arrêter avec toutes ces conneries. Tu sais pas d'quoi tu parles. » L'orage grondait. Les bourrasques jetaient sur ma toile de pleines poignées de pluie, la foudre déployait ses bras incandescents au-dessus de la baie, illuminant comme en plein jour. Des éclats de voix me parvenaient de la tente voisine. Au milieu de la nuit, Maria s'est glissée sous la mienne, en larmes. Ses longs cheveux mouillés avaient une odeur de sous-bois.

Je suis parti sans bruit, dès l'aube, abandonnant mon frêle abri. En cette heure matinale, une lumière brillait au café. Au comptoir, personne. Sur les photos jaunies qui décoraient la salle, des aborigènes, corps blanchi de cendres, se livraient à des danses et des joutes d'adresse. Un guerrier, en gros plan, brandissait une lance effilée. « Lui, c'était le meilleur de tous. » Un vieil homme à la voix douce est sorti de la cuisine. « Il faisait mouche à tous les coups. Quel chasseur extraordinaire ! Un ami. Dix ans qu'il est parti. Darwin, à c'qu'on m'a dit. On raconte aussi qu'il est mort en prison. Je ne sais pas. La ville, l'alcool. Il a peut-être fait une connerie. » Il m'a offert des toasts, un café, puis m'a conduit à l'autoroute. « Y a pas grand monde qui passe. Enfin, on sait jamais. » Je me suis assis sur mon sac près d'une immense pancarte à la gloire des dauphins. Pas une voiture à l'horizon. Quelqu'un avait aligné sur le sol des brindilles sèches et des cailloux. En me penchant, j'ai déchiffré : « *Good luck.* » Au bout d'une heure, j'ai entendu un camion sur la route de Denham. Le chauffeur m'a hélé du haut de sa cabine.

« Qu'est-ce tu fous, mec ?

— J'attends.

— Si tu vas vers le nord, t'es pas rendu, mon pauvre. Pas la saison. Pas avant deux, trois semaines. C'est l'déluge par là-haut. Ils se sont ramassés un cyclone sur la gueule. T'as pas vu la télé? Des familles entières sur les toits, des coulées de boue, plus un pont. C'est un Zodiac qu'il te faudrait! »

Deux, trois semaines. Moi qui ne savais plus ce que j'allais faire là-bas. Une fuite en avant, et un cyclone au bout. Un tous les quinze, vingt ans. C'était à en pleurer. Pourtant, aussi loin que portait le regard, pas le moindre nuage, le ciel d'une limpidité absolue. J'ai sorti de mon sac un *Don Quichotte* corné. Dans ce décor sans bruit ni mouvement, impossible de se concentrer. Les heures passaient, rien ne venait. Il faisait chaud à présent, plus d'ombre pour me protéger. Je pensais à Maria, au parfum de sa peau. Je n'avais pas eu le cœur de lui dire au revoir. Dans les ondulations de l'air surchauffé, la route planait au-dessus du sol comme dans un *road movie*. Sans voiture. À cinq heures du soir, je me suis couché dans la poussière pour soulager mes côtes meurtries. Les plaies purulentes qui recouvraient mes mains, mes bras me démangeaient horriblement. Je dormais en plein soleil, livre sur le visage, quand la voiture est arrivée. Un break attelé d'une caravane, barque arrimée au toit. Je me suis levé d'un bond, il s'est arrêté. Le vieux m'a offert un bonbon à la menthe sans poser de questions. Rien ne pressait. « T'as une sacrée veine que ma femme m'ait plaqué. Elle s'rait jamais partie si tôt. Grand bien lui fasse. Cinquante ans à lui passer tous ses caprices. Crois-en mon expérience, p'tit gars. Te marie jamais, c'est un piège. »

Il m'a déposé dans une station BP au coucher du soleil. On aurait dit qu'un tremblement de terre avait secoué le bled. Une épaisse boue rougeâtre envahissait la cour, jusqu'à la route elle-même. Des monceaux de débris, des troncs d'arbres avaient été repoussés au bulldozer le long d'un remblai de fortune. Une cabine téléphonique trônait sur son îlot, rescapée du naufrage. La chaleur moite et étouffante rappelait combien le tropique était proche. Ça commençait sérieusement à sentir le Nord. Sous mon pied, un grouillement poisseux, écœurant. Une minuscule grenouille verte. Avec la nuit, les batraciens avaient pris possession des lieux. Des grenouilles partout, sur les poignées de porte, les vitres de la voiture, les parois de la cabine, sur mes chaussures, mon pantalon. Une marée verte fluorescente, sortie des entrailles de la terre, qui progressait, inexorable. Une femme en tablier se tenait sur le porche. « À chaque inondation, elles rappliquent. Et attendez un peu qu'elles grossissent... Là, ça sera vraiment l'bordel! C'est le cyclone là-haut qu'a fait déborder la rivière. Toute une semaine coincés ici, les routiers et moi. » Une aquarelle fade encombrait le mur, au fond de la salle. La femme m'a servi un bol de café, une part de gâteau. De pauvres pattes palmées dépassaient de sa semelle. Elle a bondi vers la porte, restée entrebâillée. Armée de son balai, elle tentait d'endiguer le flot de batraciens, en pure perte. Pas le temps d'insister, des camions arrivaient. Bientôt, la salle a fait le plein de convives. Pas un n'allait au nord. Je me suis endormi sur la table. La patronne m'a réveillé au milieu de la nuit en me tendant une tasse de café. Lumières éteintes, il n'y avait plus personne. « Un gars vient d'arriver. Le temps de prendre une douche, il part pour Karratha. Six ou sept heures au nord. » Le moteur en surchauffe d'un énorme camion-citerne crépitait dans la cour. Sur ses remorques, « *Acid* », en grosses lettres rouges. Une armoire à glace en débardeur blanc est venue à ma rencontre, indifférente à la masse grouillante des grenouilles sous ses pas. « Peter. » Sacrée poigne. Il a dévoré une assiette de frites, un double hamburger, la femme a rempli son thermos. Pendant que le moteur chauffait, il m'a exposé le contrat : il fallait l'aider à tenir. Deux jours et deux nuits sans fermer l'œil, une cargaison urgente.

« Dans les citernes, c'est vraiment de... ?

— Quarante tonnes. Du nitrique, pour les mines. Ça t'bouffe le pied en moins de deux. Le tout, c'est d'rester sur c'te foutue route. »

Une radio grésillait sur le tableau de bord. « Capte plus. » Mon chauffeur n'était guère bavard. J'alimentais seul la conversation. S'agissait pas de finir dans l'acide au milieu des buissons. Il répondait par grommellements, que j'interprétais à ma guise. Les phares inondaient la route d'un voile éblouissant. Le camion poursuivait ce halo frémissant à travers le désert, droit au nord. Les taillis surgissaient de la nuit, agitant sur notre passage leurs membres menaçants. Du haut de la cabine, la chaussée cabossée semblait trop étroite pour notre machine infernale déboulant à cent trente à l'heure. Peter buvait son café chaud à petites gorgées. Soudain, j'ai senti le camion dériver. J'ai lancé mes mains vers le volant, Peter a ronchonné : « C'est bon. » Ses yeux se fermaient par intermittence, les muscles de son cou luttaient pour maintenir sa tête à la verticale. Le jeu devenait dangereux, le thermos était vide. Je forçais le trait, m'enferrant dans des récits abracadabrants. Parfois, dans un sursaut de clairvoyance, Peter m'adressait à la sauvette un regard dubitatif. « Hein ? » Gorge sèche, je ne supportais plus le son de ma propre voix. Des meutes de kangourous surgissaient du décor, confondus avec les arbustes. Peter ne cherchait pas à les éviter. Tout écart était suicidaire, avec nos deux cuves en remorque. Les barres d'acier du pare-buffles ouvraient la voie. Les animaux s'écartaient au dernier moment, toujours d'extrême justesse. Au détour d'une courbe, j'avais cru entrevoir une silhouette massive, un dromadaire peut-être, ou une vache à bosse. Peter ne manifestait aucune réaction à ces apparitions. Il pouvait aussi bien s'agir d'hallucinations, du jeu de la lumière sur les formes végétales ébranlées par le vent. Dans l'hébétude de mon demi-sommeil, les mouvements se faisaient confus, indistincts. Un choc brutal m'a arraché de ma torpeur. Peter remettait en ligne son poids lourd, arc-bouté sur le volant. « Putain d'kangourou. » Puis j'ai fermé les yeux, bercé par les cahots cadencés de l'engin. Peter m'a réveillé d'une gifle formidable. « T'endors pas ! » Il a éclaté d'un rire franc en me tendant sa bouteille. « Eh, c'est pas grave. Tant qu'j'garde un œil sur toi, au moins j'dors pas. » L'eau était tiède. La température n'avait pas baissé de la nuit, et ma chemise trempée collait au revêtement du siège. Sur les immenses lignes droites du Nord, le moteur tournait à plein régime, assourdissant. Peter ne levait plus le pied, pas même à l'approche des nappes d'eau noyant le macadam. J'ai donné un coup de poing dans la radio, qui s'est mise à toussoter de la country américaine.

Nous sommes entrés dans Karratha au lever du jour. Masures préfabriquées aux façades fissurées, jardinets plantés de palmiers rachitiques. Sur la route de son entrepôt, Peter m'a largué dans un relais routier, au croisement de deux routes aussi rectilignes qu'un cadran de boussole. EST-OUEST, NORD-SUD. Une carte d'Australie était affichée près des pompes. Malgré l'épuisement, le perpétuel défilement des bandes blanches sur l'asphalte, la moitié du chemin restait à parcourir. Un bulletin officiel confirmait la fermeture des routes inondées. Toujours pas la saison. Je m'étais échoué sur une île déserte, au beau milieu d'un océan de sable et de cailloux. Les échos d'une musique bon marché parvenaient de l'intérieur. Je n'osais pas entrer, je me suis assis sur un banc. Comme dans un abribus, et ce bus qui ne se pointe pas. Le seul moteur qu'on entendait, c'était un groupe électrogène. Au fil de la journée, l'endroit s'est animé. Une société d'habitués, fermiers rougeauds, retraités, chômeurs. Tous affectaient de passer par hasard. On voyait qu'il n'en était rien, que ce détour était sans doute le meilleur moment de la journée. Des groupes d'aborigènes débarquaient dans des pick-up rouillés, se rassemblaient dans la cour en conciliabule, au pied d'un gommier-spectre. Les femmes flânaient dans l'épicerie, achetaient des cigarettes, du thé, du lait en poudre. Deux mondes hétérogènes sur un même territoire. L'un voulait tout l'espace pour lui, l'autre mourait à petit feu, refusant d'abdiquer mais trop vieux pour se battre. Je n'appartenais ni à l'un ni à l'autre. Personne ne semblait remarquer ma présence. Je me suis endormi dehors, seul sur mon banc.

La sonnerie stridente d'un passage à niveau m'a réveillé aux aurores. Un train de marchandises égrenait la litanie de ses wagons dans le cliquetis saccadé des rails. Une épaisse fumée noire obstruait l'horizon, un feu de broussailles sans doute. Une voiture venait dans ma direction. Pas question de se louper. Une femme trapue, au visage rond et franc, a répondu à mon sourire en ouvrant sa portière. Elle a posé mon sac derrière, près d'un uniforme de l'armée repassé avec soin. Contrainte de rejoindre son bataillon posté à Darwin, Clare avait décidé de braver la crue. « On sera pas trop de deux. » Elle conduisait sans rien dire, m'offrait des cigarettes, des biscuits. Mes habits crasseux, mes écorchures, elle n'avait pas envie de savoir, ou ne le montrait pas. Son silence m'était précieux. Il n'y avait rien à expliquer. L'incendie faisait rage à perte de vue.

Passé Port Hedland, les dernières traces de fumée ont disparu. Des troupeaux de vaches indiennes paissaient l'herbe rase, bosse dégonflée le long de l'échine. Loin de se fondre dans le décor, elles en ressortaient comme l'intrus des jeux pour enfants. Clare m'a tendu une cigarette.

« Chaque fois qu'je vois ces vaches, ça me rappelle les histoires de mon grand-père. Quand on les a lâchées dans le bush, les chasseurs aborigènes n'en sont pas revenus. Tu comprends, elles s'enfuyaient pas. C'était facile d'en abattre une, de temps en temps. Plus facile que de traquer un kangourou blessé.

— Et les fermiers, ils disaient rien ?

— Tu penses, la propriété... Ils organisaient des battues pour capturer les Noirs. Ils en ont tué plus d'un.

— Ici comme ailleurs, Clare.

— C'est vrai. Mais à Alice Springs, j'ai vu de vieilles photos. Des aborigènes enchaînés qui défilaient en pleine rue, l'anneau au cou. Quel malheur. »

À mi-parcours, Clare s'est arrêtée pour faire le plein à Sandfire Flat. Le goudron liquéfié se répandait en flaques. Quarante degrés à l'ombre, l'air saturé d'humidité. Une buanderie, la poussière en plus. La première chose que j'ai aperçue, dans l'aveuglante réflexion du soleil sur le sable rouge, c'était un conteneur de semi-remorque enroulé autour d'un tronc d'arbre. Les tôles froissées portaient l'inscription « *Bureau of Meteorology* ». Le toit de la station s'était envolé. Les vitres avaient volé en éclats, les rares arbres qui tenaient debout n'avaient ni feuilles ni branches. « Putain de cyclone, il nous a pas loupés cette fois. » Le maître des lieux était assis à l'ombre dans un fauteuil en toile, cigarette au bec. Ses traits marqués trahissaient le manque de sommeil, l'angoisse des jours passés. « Z'allez par là ? Paraît qu'la route a rouvert ce matin. J'm'y fierais pas trop, à vot'place. Y a un coin, près d'ici, qu'est sous l'niveau d'la mer. C'est vraiment pas terrible. À marée basse, ça l'fera peut-être. Personne a essayé, faites gaffe. »

Nous n'avons pas tardé à l'apercevoir. La plaine miroitait comme un vaste lac. Les maigres buissons engloutis par les eaux dessinaient des remous. La route disparaissait d'un coup, on ne voyait pas l'autre rive. Il en fallait plus pour décourager Clare, qui s'est engagée sans broncher, regard rivé sur la bande blanche au fond de l'eau. Des branches, des feuilles, toutes sortes de débris dérivaient dans le courant, grinçant sous le châssis. L'eau est devenue trouble, profonde. Elle léchait le bas des portières, frôlait déjà le radiateur. Comme on ne voyait plus le fond, Clare m'a envoyé en éclaireur. « Eh, faut bien qu'les auto-stoppeurs servent à quelque chose ! » Je marchais pieds nus devant la voiture, en caleçon, dans l'eau jusqu'aux cuisses, à la recherche du fil d'Ariane. Des poissons furtifs filaient entre mes jambes, on entendait les cris de crapauds esseulés. Là où je ne distinguais rien, je me penchais pour sonder. L'eau fraîche soulageait un instant mes bras éraflés. Nous avons parcouru ainsi plusieurs centaines de mètres, dialoguant par gestes à travers le pare-brise. La crue avait arraché des pans entiers de bitume, la voiture dérapait sur le sol instable, menaçant à chaque instant de noyer son moteur. C'était pure folie. Clare défiait sans sourciller les mille et une embûches de cette mer intérieure. Elle avait décidé d'aller jusqu'au bout, je m'abandonnais à sa foi. Rien à perdre. J'avançais pas à pas, sans réfléchir. D'un coup de klaxon, Clare m'a fait relever la tête. La route rejoignait la surface dix mètres devant nous, un miracle. Régénérés par la crue, ses abords vibraient d'une vigueur nouvelle. Des oiseaux par centaines voletaient parmi les buissons épineux, des kangourous broutaient les jeunes pousses, les bourgeons verdissaient aux branches froissées des arbres.

En vue du carrefour de Broome, Clare semblait hésiter. Elle continuait tout droit, vers Darwin, mais n'avait pas le cœur de me planter là. Sans me demander mon avis, elle a pris la route de la côte. « J'veux quand même m'assurer que ce maudit cyclone a pas tout emporté. » Broome avait des allures de guerre civile. Des poteaux électriques, des panneaux déracinés jonchaient les trottoirs, les palmes ébouriffées s'amoncelaient au pied des vérandas. Elle m'a laissé devant une demeure coloniale aux murs décrépis, disparaissant sous les ramures des arbres défeuillés. « C'est le moins cher de Broome. Pas terrible, tu verras, mais le pub est juste à côté. » En la regardant s'éloigner, je me suis senti abandonné. Les rues du quartier étaient vides. D'étranges baobabs pointaient leurs branches maigrelettes au sommet d'un tronc boursouflé. Des manguiers dépassaient des jardins, dans l'air chargé de senteurs tropicales. Par-delà d'épaisses mangroves, on devinait l'océan. J'étais à Broome, fin du voyage.

La réceptionniste m'a conduit à ma chambre, sans chercher à dissimuler l'infect coquard qui lui gonflait l'œil. Le dortoir contenait trois lits, deux étaient occupés. Je me suis effondré, à bout de forces. Sous les combles régnait une chaleur insoutenable, en dépit des bruyants efforts du ventilateur de plafond. Pas moyen de dormir.

J'ai pris une douche, enfilé un tee-shirt à peine moins sale. Dans le jardin, un vieillard fumait le cigare en plein cagnard. Sa chevelure grise, dégarnie sur le dessus, lui tombait jusqu'aux genoux. Il m'a demandé d'où j'étais, puis s'est penché à mon oreille. « Savez-vous que je suis l'ultime descendant des rois de France ? » Je l'ai laissé à son délire. Deux jours sans manger, mais je n'avais pas faim. J'avais soif. Deux gaillards s'abreuvaient au comptoir du pub. Ils s'ennuyaient, attendant quelque chose, quelqu'un, qui les tire de leur léthargie. Il a fallu que ce soit moi. « Hé, qu'est-ce tu prends ? » Le plus épais des deux m'a assis de force sur le tabouret. Un pilier de rugby, format australien. Il brandissait une liasse de billets de cent dollars, qu'il a étalée sur le bar. « Hé, Miss Coconut, trois whisky-Coca, et qu'ça saute ! » La brute a empoigné l'avant-bras de la serveuse pour corser la dose. Son comparse et lui débarquaient d'une plate-forme pétrolière, au large de Port Hedland. Le monstre hurlait si fort à mon oreille qu'il se redressait parfois, stupéfait par sa propre voix. Il m'a fait boire pendant des heures. Plusieurs fois, j'ai tenté de me faire la malle. Mais toujours sa poigne bestiale se fermait sur ma nuque. « Tu vas où comme ça? » En fin d'après-midi, la cohorte des travailleurs a envahi les lieux. Le fier-à-bras se taillait un franc succès à coups de tournées générales. Soudain, tout le monde s'est précipité vers l'arrière-salle du pub. La serveuse venait d'annoncer un show de strip-teaseuses. Profitant de la cohue, j'ai dégringolé de mon tabouret et je suis rentré à l'hôtel en me cognant aux murs. Les moustiques m'assaillaient dans la moite tiédeur du soir. De l'autre côté des grilles, des aborigènes avinés poussaient des cris haineux en se rouant de coups. Je titubais dans l'escalier quand un jeune chauve aux yeux brillants d'excitation m'a poussé vers la salle commune. Une foule d'hommes faisait la queue devant la fenêtre. Le type s'est frayé un passage en me traînant derrière lui. Les voyeurs se penchaient au-dessus du balcon, exorbités. D'abord, je n'ai vu que le toit du pub. On entendait des bruits de verres, de longs sifflets admiratifs. « Mate un peu, si c'est beau! » bavait mon voisin, désignant le rez-de-chaussée. Les fenêtres embuées laissaient deviner en ombres chinoises les formes généreuses des artistes qui changeaient de tenue. Dans la chambre surchauffée, le vieux mythomane dormait à poings fermés, rêvant à quelque fait de gloire. Au pied de l'autre lit, un quadragénaire en tunique méditait sur une chaise. Il m'a dévisagé, soupçonneux. « Tu es bien innocent, jeune homme. Sais-tu donc où tu es entré ? » Il a soulevé mon bras pour examiner mes blessures. « On accepte ici les lépreux. Sois le bienvenu parmi nous. » Vautré sur mon lit, bras en croix, j'ai fermé les yeux.

Au réveil, j'étais au plus mal. Le sang me battait aux tempes, mon estomac se tordait en d'affreuses crampes. Le peu d'énergie qui me restait, je l'ai passée à me maudire. Gorge pâteuse, je suis parti en quête d'eau fraîche. Une fille fouillait dans le frigo de la cuisine en lâchant des jurons obscènes. Elle portait des dreadlocks, des piercings sur la langue, la lèvre inférieure et l'arête du nez, qui rendaient ses paroles inintelligibles, d'autant qu'elle était irlandaise. Son soutien-gorge de maillot de bain dissimulait à peine un papillon tatoué sur le cœur, et de son short ultracourt sortaient les jambes les plus hirsutes que j'aie vues chez une femme. Elle s'évertuait à composer des sandwiches appétissants à base de carottes et de céleri cru, ce n'était pas une mince affaire. L'horloge indiquait huit heures du matin. « Bordel de Dieu, je vais le louper ! » s'est exclamée la fille en se ruant dans l'escalier. J'ai avalé deux grands verres d'eau, assis sur un coin de table. Les idées les plus noires me venaient à l'esprit. Je ne voyais pas d'issue.

L'Irlandaise faisait les cent pas dans la rue. « Moi, c'est Noëlle. » Elle a engagé la conversation, ou plutôt s'est lancée dans un interminable monologue. Elle parlait sans reprendre son souffle, pas même entre les phrases. La tête me tournait. Mon regard s'est fixé sur le piercing qui pendait de son nez. L'anneau d'argent, d'un diamètre formidable, oscillait lentement, à la manière d'un pendule d'hypnose. Captivé, je ne parvenais plus à détourner les yeux, les mots semblaient descendre le long des narines, et se cogner contre l'anneau. De cet amas de sons surgissait parfois l'indication d'une date, d'un lieu, d'un nom. Soudain, les mots se sont organisés en phrases, comme d'eux-mêmes. Un voyage chez les aborigènes du Kimberley. La veille, Noëlle avait croisé Gary, qui partait pour deux jours au fin fond du bush. Il ambitionnait d'ouvrir au tourisme les communautés, et cherchait un cobaye. Son retard la plongeait dans une grande anxiété. « Faut pas qu'j'le loupe, merde. C'est hyperconstructif, comme échange, super positif. » Et autres conneries New Age. Le spécimen de voyageur occidental que Gary avait embauché dénotait un grand sens de l'humour. Pourquoi pas moi, tant qu'il y était ? Un grand type sec en bermuda nous a accostés. Planqués derrière des lunettes rondes, ses yeux injectés de sang suggéraient qu'il avait passé une soirée en tout point semblable à la mienne. Son humeur était exécrable. « L'frangin vient pas. Pas pu l'sortir du lit. L'amour de sa vie, comme d'hab'. Une Italienne. » J'ai demandé au type s'il y avait de la place pour moi. « Toi, c'est à l'hosto qu'tu d'vrais être. T'as pas l'air très en forme, mon pote. » Mais il n'avait aucune envie de parlementer. « T'as deux minutes pour faire ton sac. » Je rangeais mes affaires quand un rire dément m'a fait bondir sur place. Le vieillard mythomane avait attiré dans son antre une jeune Japonaise hébétée. « Moi, l'ultime descendant de l'empereur Hirohito... » Il faisait preuve d'opportunisme, on ne pouvait pas lui enlever ça. L'homme en tunique s'est planté en travers de la porte. « Tu pars, je le savais. Ils partent tous. » Il a pris ma tête dans ses mains et l'a posée sur sa poitrine. « Mais nous nous reverrons bientôt. Je vois la mort en toi. » Un Land Cruiser était garé sur le trottoir, capot enfoncé dans la haie. Gary s'était endormi au volant. À côté de lui, un paysan rougeaud coiffé d'un chapeau de cuir. « Neil », a-t-il marmonné dans sa moustache rousse. Je me suis assis derrière, en face de l'Irlandaise. J'ai claqué la porte, donnant le signal du départ.

Bardi People

Gary s'est engagé sur une piste rocailleuse. Lorsque le sable rouge a remplacé les pierres, il s'est garé pour dégonfler les pneus, passer en quatre roues motrices. « Piste fermée. » La pancarte avait servi de cible à plus d'un ivrogne en manque de gibier. On voyait à travers la dentelle du métal criblé. La saison humide s'exténuait sous les tropiques. « S'agit pas qu'les touristes rappliquent, grommelait Neil. Sinon, c'est l'bordel assuré. Des bagnoles en travers, plantées dans les trous. Y a des coins vachards. Tu t'embourbes, t'es bon pour attendre l'été. Pas fait pour les aventuriers des quartiers chic. » Une voiture s'est rangée derrière la nôtre. Un groupe d'aborigènes, trois hommes et trois femmes. La conductrice a fait signe aux hommes de changer de véhicule. Gary a demandé à Noëlle de prendre ses affaires. « Sont pas d'ici, veulent faire bonne impression. Gonzesses d'un côté, mecs de l'autre. » Gauches, hésitants, les trois aborigènes sont montés à bord. Le premier avait les cheveux gris, le noir mat et profond du visage et des bras contrastait avec la blancheur impeccable de sa chemise. Il s'est assis en face de moi, timide et défiant. « Art. » Il a fait de la main un geste détaché en direction des autres. « Claude et Patrick. » Tête inclinée sur le côté, moues de gosses pris la main dans le sac, ils ont détourné le regard. Gary m'a montré du doigt : « Notre ami allemand a fait tout ce voyage rien qu'pour vous voir. » J'ai corrigé : « Français. » Neil a ôté son chapeau pour se gratter la tête. « Y a ce truc, là, qu'ma femme répète tout l'temps. J'sais pas où elle a chopé ça, paraît qu'c'est français. *Il me attachée à le chaise*, ça t'dit quelque chose ? » J'hésitais à traduire. Un gars du bush, pas le genre à plaisanter avec ces choses-là. Comme tout le monde me regardait, je me suis exécuté, du ton le plus neutre possible. Gary s'étouffait de rire. « Dis donc, Neil, tu d'vrais la surveiller un peu, ta bonne femme ! » Neil est devenu plus rouge encore, tassé au fond de son siège. Mes trois compagnons de l'arrière riaient à gorge déployée, reprenant à voix basse les mots énigmatiques. « Femme, ça s'dit comment chez toi ? a demandé Art. Ici, on dit *manga*. » Adressant un adieu à la voiture des femmes, Gary chantait : « Bye-bye, *mangas*. » Au bord de l'asphyxie, Claude se griffait le front, martelait son poitrail de coups de poing sonores.

 La piste se faisait de plus en plus mauvaise, le sable plus profond. De terribles bourbiers obligeaient Gary à sonder la profondeur de la boue et de l'eau dans les passages humides. Un entrelacs impénétrable d'arbres et d'herbes hautes se dressait tout autour, tunnel végétal. Des projections de boue rouge vif maculaient tiges et troncs, semblables à des coulées de sang. Fier et fringant dans ses plus beaux habits, Art fumait avec classe, en longues bouffées silencieuses, d'épaisses cigarettes de tabac brun qu'il roulait d'une main, insensible aux brusques sursauts de l'engin. Chaque fois que je tournais la tête, je sentais se poser sur moi son regard intrigué. De temps à autre, il me tapait l'épaule à la vue d'un arbre, d'une plante. J'étais bien incapable de les distinguer. À vrai dire, je m'en souciais peu. Art, lui, s'emballait, simulait la fabrication de multiples objets, feignait de s'en servir avec l'économie de gestes des pratiques ancestrales. Son col entrebâillé laissait entrevoir la large cicatrice qui lui barrait le torse. Pendant ce temps, Neil et Gary se concertaient sur la meilleure manière d'aborder les obstacles. Art m'a pris par le bras, désignant un point au milieu des taillis. Il m'a fallu plusieurs secondes pour deviner, entre les herbes, un vieux corral à l'abandon. Art mimait à présent la capture d'un taureau, lasso en main. Il prenait un soin si grand à éviter les coups de tête rageurs, son talent expressif était si prodigieux qu'on avait presque peur de le voir encorné. « J'étais l'meilleur cow-boy de Fitzroy Creek, dans l'temps. Les bêtes égarées, c'était toujours pour moi. » Claude et Patrick ont confirmé, admiratifs. Sûr de son effet, il a grillé une cigarette, pris la pose d'un cavalier veillant sur son troupeau, rênes dans une main, éreinté par une longue journée. « Les canassons, ouais, c'est mon truc. » Une joie de gamin brillait au fond de ses yeux. « Y avait pas meilleur que moi, avec les mules aussi. T'as soif ? Lâche les mules, sentent un point d'eau à des kilomètres. Moi, j'bossais seul avec mon cheval, un beau, hein, et une mule de bât. Des années, comme ça. Les fermiers, moi, ils me traitaient bien. »

Art et sa troupe débarquaient de Fitzroy, invités par Gary. L'occasion, pour Art, de renouer avec des proches. « Ils sont partis quand j'étais jeune. J'suis jamais venu ici. Pas mon territoire. » À son ton inquiet, on devinait qu'il avait déjà le mal du pays, peut-être aussi un peu le trac. La chemise si bien repassée embarrassait ses bras rugueux. Il passait en revue les mille merveilles que l'on ramassait, pêchait ou chassait le long de la Fitzroy River, fleuve nourricier de son peuple. « Je suis un aborigène de rivière. Là où on va, c'est les Bardis, gens de la mer. Rien à voir. » Il me montrait comment capturer les énormes vers blancs nichés sous l'écorce, faisait semblant d'en mâcher un à grands coups de dents, après l'avoir grillé sous des braises incandescentes. Il se frottait le ventre, repu. La vie n'avait pourtant rien d'un festin quotidien.

« Tout est bon à manger, chez nous. Sauf les grenouilles.

— Chez moi, si. Les cuisses, avec de l'ail. »

Art en restait bouche bée. Manger des grenouilles.

« Y a plus de poisson dans vos rivières ?

— Plus beaucoup.

— C'est pour ça... »

Parfois, il fallait pousser les voitures, les aider

à sortir d'un passage délicat. Art rechignait à se coller au pare-chocs, soucieux d'épargner sa chemise. Vieux caporal dandy et laconique, il distillait ses conseils à distance prudente de l'action. Après tout, c'était lui l'aîné, et de loin. Art, Claude et Patrick bondissaient alors sur les banquettes, m'isolant à l'arrière. La voiture voltigeait sur la piste défoncée, et j'allais m'écraser sur la tôle du plafond. Au bout de quatre heures, le dos en vrac, je gémissais à chaque nid-de-poule. J'ai aidé Neil à dégager une roue, embourbée dans un marigot. Actionnant le cric à levier, il a soulevé la caisse pendant que j'amassais des pierres, des branchages. Penché en avant, un genou dans l'eau, je lui ai demandé s'il ne souffrait pas de la route. « Devant l'essieu arrière, ça va. Derrière, tu morfles. » Je n'ai pas eu besoin de me redresser pour sentir dans mon dos trois paires d'yeux moqueuses. Je suis remonté à bord avec l'air assuré de qui n'est pas dupe. Art m'a fait une place à ses côtés, frottant mon avant-bras de sa main sombre et rêche. « *Good man.* »

Inquiet de mon mutisme, Art enchaînait les numéros, chevauchait en cow-boy désabusé, serrait la main de Claude en susurrant *manga*, m'effrayait en montrant du doigt, affolé, un monstre imaginaire au milieu des fourrés, pauvre Charlie Chaplin à la peau noire, ridée. Bien malgré moi, je commençais à m'émouvoir. Gary observait la scène dans son rétroviseur. « Ça va, les gosses ? » Sur cette portion plus sèche, il roulait à tombeau ouvert. Les flancs de la cabine tremblaient à se rompre, les roues arrière chassaient d'un côté puis de l'autre, labourant le sable, enveloppant d'un nuage écarlate la voiture de nos poursuivantes. La piste coupait en ligne droite à travers le bush, tracée d'un seul passage de bulldozer. Ses bords relevés défilaient au ras des vitres. Changer de trajectoire sur un terrain pareil et à une telle vitesse, c'était le carton assuré. Un pick-up bondé nous a croisés sans ralentir, confiant dans le talent des pilotes, malgré l'étroitesse de la voie. Les jeunes qui s'entassaient sur la plate-forme arrière nous ont salués, mine réjouie. Ils partaient pour la ville, première virée depuis des mois. Art les a suivis longtemps d'un regard envieux.

« Hé, Gary, demi-tour !

— Alors ça, pas question. J'ai mon compte pour la semaine !

— Moi, je serais pas contre », a grogné Neil. Claude et Patrick dormaient tête contre tête. Par un miracle d'équilibre, ils demeuraient immobiles dans les pires rebonds du Land Cruiser, sans jamais se heurter. Peut-être avaient-ils déniché le centre de gravité exact du véhicule, il devait bien y avoir une explication rationnelle à l'étrange clémence dont faisait preuve à leur égard cette piste qui me brisait les reins depuis six ou sept heures. Un brusque coup de frein a fini par les désolidariser. Échoué à l'orée d'un bourbier, un semi-remorque bloquait le passage. La boue ne s'était solidifiée qu'en surface. Les roues d'un tracteur avaient creusé de profondes ornières. Le routier avait toutes les raisons de ne pas s'engager. Bedaine moulée dans une salopette bleu marine, il fumait tranquillement au son de sa radio. Gary a offert de l'aider. « J'livre Wreck Point, ils attendront. Des mois qu'personne est v'nu, sont pas à ça près ! Eh, s'ils veulent quelque chose, viendront se servir ! J'vais pas jouer au sous-marin avec mon trente-huit tonnes ! »

Tout droit, la piste ralliait Cape Lazarus, extrême pointe de la péninsule. Gary a pris à droite devant un panneau dévasté : « *Wreck Point Community, 26 km.* » Un Land Rover tout déglingué a déboulé en sens inverse. Il a ralenti au dernier moment pour se ranger à notre hauteur. Quand la poussière est retombée, j'ai aperçu le conducteur qui saluait Gary d'un bras herculéen. L'aborigène, mine renfrognée, cheveux en pétard et Ray-Ban *seventies*, pouvait avoir la cinquantaine. Son débardeur blanc contenait à grand-peine des épaules, un ventre de catcheur. Deux jeunots l'accompagnaient. Quelque chose ne tournait pas rond dans le moteur de son engin, couvrant le son de sa voix. Dans un vacarme titanesque, il a enclenché la première, pied au plancher. Le Land Rover a patiné sur place, puis il s'est élancé sur les chapeaux de roues, frôlant la voiture des femmes. Gary s'est tourné vers nous. « John Augustus Marvin, Ancien de la tribu Bardi. On va chez lui. Il m'avait donné rendez-vous à Wreck Point, devait en avoir marre d'attendre. » Nous avons fait demi-tour, et nous l'avons suivi sur une vingtaine de kilomètres, avant qu'il ne s'élance soudain au-dessus du talus pour disparaître dans la forêt. « *Private property* », précaution superflue dans un endroit pareil. Plus défoncé encore que la piste principale, le chemin décrivait de larges courbes entre les arbres, taillant sans états d'âme au cœur d'épais taillis. « Les terres d'Augustus », a annoncé Gary. Art, Patrick et Claude étudiaient le paysage avec gravité, concentrés à l'extrême. Un sous-bois dense et ténébreux, au sol marécageux. À gauche, un sombre marigot barrait l'horizon. De rares ouvertures dans la végétation laissaient deviner, sur la côte, la silhouette des palétuviers. « Pays de croc' », a soufflé Art, préoccupé. Pourtant, aussi loin que portait la vue, rien que de l'eau, du végétal. Quand il identifiait un arbre, une plante, Art les nommait à voix haute. Dans les plis des grands arbres fleurissaient des orchidées démesurées, qui lui plaisaient par-dessus tout. Comme Gary se montrait trop admiratif à son goût, il a fait mine de s'offusquer. « Chez moi, près d'la rivière, y en a de bien plus grandes. Et blanches, hein. » Soudain conscient de sa mission diplomatique, il s'est repris : « Mais celles-ci sont très belles. » Un lézard à collerette poursuivait la voiture, debout sur ses pattes postérieures, hagard, crinière au vent. Au sortir d'un virage serré, Gary a freiné brutalement. Une mare d'eau saumâtre inondait le chemin. « T'en penses quoi, Neil ? » Augustus nous avait semés depuis longtemps. Des traces de pneus indiquaient plusieurs pistes, impossible d'évaluer avec certitude la profondeur de l'eau, l'état du fond. « Faut sonder. » Croyant distinguer la piste la plus fraîche, Gary s'est lancé à l'assaut de l'obstacle, pleins gaz, dans des trombes d'eau rougeâtre. Le Land Cruiser a plongé vers la gauche, happé par un trou d'eau. Nous basculions sur le côté, proches du point de rupture. La voiture piochait dans la vase, impuissante. Par chance, la roue a agrippé une roche, nous catapultant sur la berge. Neil a ramassé son chapeau. « Mauvaise pioche, Gary. »

Le Land Cruiser ricochait d'ornière en racine, de pierre traîtresse en trou caché. Dans un brusque éclat de lumière, les arbres du sous-bois se sont écartés devant nous pour laisser place à une clairière. Un campement rudimentaire surgi de nulle part, deux granges en tôles encadrant une cour poussiéreuse, un conteneur couronné de panneaux solaires, des carcasses de bagnoles oxydées, estropiées, gisant sous l'herbe folle. Une zone grossièrement défrichée encerclée par la jungle, arbres et taillis enchevêtrés où l'on ne voyait pas à dix mètres. Gary s'est arrêté à l'ombre d'un eucalyptus ancestral, dont le tronc rugueux soutenait une barque en plastique noir. À l'avant de la coque, barbouillé d'une main pressée, son nom de baptême : *Titanic*. « Comme l'autre, hein. Mais çui-là craint pas les icebergs. » Augustus m'a tendu sa main franche. Debout, il intimidait. Sa poigne trahissait une force proprement surhumaine. Il a salué les autres d'un geste solennel. « J'prépare un thé. » Trois marches abruptes menaient à la grange du fond, montée sur pilotis. La façade béante était recouverte d'un filet, moustiquaire géante criblée de déchirures, à travers laquelle on distinguait une salle. Le mobilier se réduisait à une table, quelques chaises rustiques, et deux ou trois sommiers dépourvus de matelas. Augustus s'activait autour de son réchaud à gaz. Sous l'étagère s'empilaient une multitude de cartons, deux sacs de riz, des kilos de sucre et de lait en poudre. Ceux de Fitzroy restaient près des voitures, immobiles et droits. Un peu à l'écart, les jeunes compagnons d'Augustus observaient Noëlle avec le plus grand intérêt, fascinés par ses piercings, son tatouage et les poils de ses jambes. Le plus âgé des deux portait un maillot rayé aux couleurs du Milan AC. Isaac. Ses traits étaient d'une grande beauté et, bien que de taille moyenne, il était bâti en athlète. Il s'exprimait avec parcimonie, pesant le poids de chaque mot.

Sa voix rauque, arrogante, riait en fin de phrase, satisfaite d'elle-même. Un peu plus jeune que lui, vingt ans peut-être, Dylan clignait nerveusement des deux yeux.

« Le thé est prêt. » Tout le monde a pris place autour de la table, sauf les garçons. Planqués dans leur coin, ils ne perdaient rien de la conversation. Augustus, le maître des lieux, présidait aux débats, conscient d'être au centre de l'attention et jouant à merveille de son statut d'Ancien. Ses yeux, dans la pénombre, luisaient prodigieusement, d'un noir absolu, comme dépourvus d'iris et tout en prunelle, sous la courbe austère des arcades. Au point qu'en lui parlant, on n'avait jamais l'impression de capter son regard. Et puis sa barbe, acérée et sporadique comme les moustaches d'un poisson-chat, qui conférait à son sourire un air éternellement rusé, roublard pour tout dire. Augustus parlait lentement, sans presque ouvrir la bouche, d'une voix chuintante aux mille nuances et cependant toujours égale. Il maniait un anglais parfait, même si sa diction nonchalante laissait souvent perplexe. Planté sur sa chaise de tout le poids de son large corps, à la fois digne et hilarant, il était le roi et le fou du roi. Il buvait son thé brûlant dans une tasse en fer de dimensions gargantuesques, attribut princier qu'il portait à ses lèvres avec désinvolture, en monarque heureux de trouver, dans la présence à la cour de quelque lointain voyageur, un peu de distraction et de nouvelles histoires. Jubilant en retour de nous conter les siennes, les plus drôles. Art cherchait à attirer mon attention, désespéré, en me chuchotant au creux de l'oreille tant de choses incompréhensibles que je ne l'écoutais plus vraiment. Les mots du bardi, langue d'Augustus. Outre l'anglais et le créole, Art maîtrisait sept ou huit langues aborigènes, apprises au fil des rencontres, des mariages, des exils. Ceux de Fitzroy gardaient les yeux rivés au sol. Les deux groupes se jaugeaient à distance en un échange silencieux, froncements de sourcils et hochements de tête. Debout sur la dernière marche de l'escalier, Augustus observait le ciel. Il a jeté sa cigarette, s'est planté derrière moi en me broyant les épaules. « Fais pas la tête, *Napoleon*. J'vais t'apprendre à pêcher le crabe. »

Des lances étaient posées contre le *Titanic*. Une branche rectiligne leur servait de manche, longue de plusieurs mètres, tendue et durcie sur les braises. Un fer acéré y était fixé au moyen d'un câble fermement enroulé. Dylan m'en a tendu une. « Beau travail, hein ? Isaac, y a pas meilleur. » De courtes gaffes traînaient au pied de l'arbre. « Pour les crabes. » Augustus roulait bon train sur le chemin étriqué. Le lacis végétal se refermait sur nous. Un taureau roux s'est enfui dans les bois. « Premier Choix », a commenté Augustus en se frottant la panse. La piste débouchait sur un abri d'écorce et de branchages. Dans cette atmosphère moite et silencieuse, de hautes herbes nous encerclaient, recelant Dieu sait quels dangers. Augustus a ouvert la voie, suivi des garçons, lances sur l'épaule. Un fin sentier plongeait au cœur des mangroves — un monde humide et sombre, peuplé de bruits étranges. Suivant l'exemple d'Augustus, j'ai ôté mes chaussures. De petites pousses dardaient leurs pointes cruelles. Comme je sautillais, maladroit, pour soulager la plante de mes pieds, Augustus s'est campé devant moi. « *Napoleon*, regarde où tu marches. » Un minuscule serpent gris, strié de noir, se tortillait, nerveux, au bout de sa gaffe. « Serpent cinq-minutes. » Il a lancé le reptile dans les profondeurs de la mangrove, sans épiloguer sur l'étymologie. Les racines et les branches torturées des palétuviers, découvertes à marée basse, se détendaient en de lugubres craquements. Art jouait à se faire peur. « Un croc', peut-être. » Les six de Fitzroy serraient les rangs dans l'inconnu. Noëlle ne lâchait pas Neil d'une semelle. Enfin, nous sommes ressortis des mangroves. Une vaste lagune, abandonnée par la marée, nous séparait de la plage immense. Augustus scrutait la berge. « Les croc', quand ils se mettent à l'eau, leur queue laisse une marque. » Il a traversé l'eau boueuse. Le sol de la baie était couvert de vase, où l'on s'enfonçait jusqu'au mollet. Songeur, je marchais dans la brise en contemplant le large. Augustus, qui me suivait du coin de l'œil, a désigné un point sur le sol ondulé. Un serpent, à quelques centimètres de ma dernière empreinte.

Un mince filet d'eau creusait la boue en direction du large. « T'as repéré c'gros crabe, *Napoleon*? » Rien que de l'eau et des coquilles. Augustus a effleuré le sol de sa gaffe. Aussitôt, une pince a jailli. Augustus a tiré d'un coup sec, arrachant à la vase un crabe gigantesque, qui s'acharnait sur le crochet, suspendu dans le vide. Il l'a renversé sur le dos, a jeté sur son ventre deux pleines poignées de sable. Impuissant, le crustacé battait l'air de ses pinces grosses comme des mains, frénétique. L'abandonnant à son sort, Augustus a remonté le cours du ruisseau. Trois autres crabes ont adopté la même posture. Satisfait, Augustus roulait une cigarette. « Tu vois, *Napoleon*, le crabe de vase, moi, j'le pêche de jour. Mon cousin, à Derby, il pêche que la nuit. À Beagle Bay, les soirs de pleine lune... C'est la Loi de chaque territoire. Chacun sa façon d'faire, c'est comme ça d'puis toujours. » Isaac et Dylan nous ont rejoints, un crabe agrippé à leur gaffe. Récolte fructueuse, il était temps de rentrer. Dès qu'ils voyaient un coquillage, les six de Fitzroy s'en emparaient, passant chacun un long moment à l'analyser, confrontant leurs avis. Art s'est détaché du groupe. « Tortue. » Au large, un minuscule point sombre perçait la surface des flots. Jamais je ne l'aurais remarqué. Art a regagné les siens. Dylan s'est aussitôt porté à ma hauteur.

« Tu vois, le bout de la lagune ? Là-bas, à gauche. Oui ? Moi, un soir, j'ai bien péché... Je traverse la baie, je rentre, du poisson plein mon sac... Des beaux, hein, avec ça. Je regarde autour, il fait sombre... Sur l'eau, là où j't'ai dit, y a une vraiment drôle de vague... Sur la lagune, hein. "C'est bizarre", j'me dis... Je m'arrête, j'observe la vague. Une tortue, une grosse, qui nage... Alors, moi, je pose tout, je cours vite, très vite... Comme un fou, j'cours... La marée monte, la tortue, elle va s'faire la malle... Là, elle est coincée... À marée basse, la lagune est fermée... Mais l'eau, elle monte vite... Et à marée haute, hein, plus d'lagune... De l'eau jusqu'aux mangroves, parfois au-dessus des arbres... D'plus en plus vite, elle monte, j'cours dans l'eau, par endroits... C'est dur, je m'enfonce dans la vase... Dangereux, hein, d'être dans l'eau comme ça... Les crocodiles reviennent dans la baie avec le courant... Les requins, même dans un mètre d'eau... Y a plein d'poisson, ici... Je pense à ça et j'cours plus vite, de l'eau jusqu'aux genoux, j'commence à fatiguer... J'ai le cœur dans la gorge, j'vois plus très bien... »

Mimant la course, il chantait son histoire plus qu'il ne la disait. Dylan avait une manière unique de moduler ses phrases, toujours la même. Un phrasé monotone, avec un rebond mélodique à la fin de chaque souffle, suivi d'une pause qu'on aurait pu croire hésitante. Mais il repartait de l'avant, enivré par ses propres mots, fidèle à ce style qui conférait à la moindre de ses paroles un air de prophétie.

« Y a un endroit où l'eau arrive déjà dans la lagune. La tortue, elle le sait, et elle m'a vu venir... Elle nage de toutes ses forces... Mais, moi, j'coupe par là, tu vois, par le ruisseau... J'vais lui barrer la route... J'devrais pas, les crocos, requins-tigres... Et les serpents ! Mais j'la veux ma tortue ! Une grosse femelle, avec des œufs... Elle va sortir, elle arrive au trou, et là, j'lui saute dessus ! Je l'attrape par les pattes... Elle est puissante et lourde, hein... J'ai du mal à ne pas lâcher... Et puis, j'fais attention, autour de moi, derrière... Le frère de Freddy, comme ça, il chassait la tortue... Il avait l'bras tendu, prêt à harponner, il a entendu un bruit dans l'eau, derrière lui... Il s'est retourné, il a jeté la lance... Au fond d'la gueule du crocodile, grande ouverte pour l'avaler... Moi, ce soir-là, j'avais oublié ma lance sur la plage... Je retourne la tortue, j'veux la tirer mais je peux pas... Isaac, il m'a vu courir, il ramasse ma lance... Et avec lui, il y a Radu... Le beau-fils de Bonnie, qu'est la sœur d'Augustus. Il est fort, Radu, une tortue comme ça, hein, il la porte d'une main ! Eh, on l'a sortie, Isaac l'a tuée avec son couteau de chasse... À Wreck Point, t'aurais vu ! Toute la famille criait ! Une belle tortue comme ça, tu parles ! »

Le soleil rasant faisait miroiter le feuillage des palétuviers, humides de la dernière marée, et traçait sur la plage des vaguelettes en ombres chinoises, soulignant la splendeur turquoise de l'océan. « *Napoleon*, regarde où tu marches! Les rêveurs dans ton genre font pas d'vieux os, ici. » Augustus a déposé sa gaffe au bord de la lagune. « Hé, *Napoleon*, ça t'dirait, du poisson pour dîner? » Il a empoigné une lance, s'est figé à trois mètres du bord, dans l'eau jusqu'à la taille, l'arme dressée au-dessus de sa tête. Sa posture, son imperturbable équilibre n'avaient plus rien d'humain. Il faisait partie du décor, comme les palétuviers, sur l'autre rive. Soudain, il a propulsé son épieu d'un geste fulgurant, loin devant lui. La pointe s'est enfoncée dans le sol vaseux. Le manche vibrait à se rompre. Augustus a récupéré la lance, précautionneux. Un poisson scintillant y était embroché. Il l'a jeté sur la berge, puis s'est remis en position, la même exactement, un peu plus loin. Vu du bord, l'événement avait des allures de miracle. L'engin était lourd, encombrant, une pellicule opaque flottait sous la surface. Comment repérer un poisson à une telle distance, anticiper son déplacement? Le prodige s'est renouvelé encore et encore.

Accroupi sur la plage, je suivais la scène avec fascination. « C'est un don, hein, tu sais », a murmuré Dylan. On le devinait fier d'être dans sa lignée. Augustus est sorti de l'eau, victorieux. Une dizaine de prises frétillait sur la vase. Isaac a pris le relais. Sans doute n'avait-il pas souhaité rompre de sa présence la magie du moment. Ses gestes n'avaient pas la fluidité, le naturel du maître. Augustus m'a pris par l'épaule. « Regarde, *Napoleon*. Les vagues, à la surface. Pas deux pareilles. Pige la vague, tu connais l'poisson. L'espèce, la taille, ce qu'il fait, où il va... Tu vois, là-bas, au pied des arbres ? *Mangrove jack.* » Sous cette mare obscure et stérile, Augustus devinait un ballet, la promesse d'un repas. Parfois, il se taisait, guidant Isaac vers un *barramundi*, une raie ondoyant, légère, entre deux eaux. Gary m'a tapoté le dos d'un geste de réconfort. « T'inquiète pas, mec. Moi, c'est pareil : tu m'lâches ici, j'passe pas la nuit. » Art et Patrick détaillaient une lance avec des poses d'experts. Leur technique était différente, un mouvement circulaire de tout le haut du corps, arme à hauteur d'épaule. J'ai invité Art à tenter sa chance. « Eh, on a tout c'qu'il faut. » Il dévorait des yeux les crabes, au fond du panier. « Art a raison », a reconnu Augustus. Tout notre petit monde a retraversé la lagune, puis les mangroves crépusculaires. Les hordes de moustiques chargeaient par vagues successives, les garçons s'amusaient des jurons de Noëlle. Pour la route, Augustus m'a fait asseoir à ses côtés. « Hé, *Napoleon*! On dirait qu'la pêche t'a fait du bien. Pas vrai ? »

Dans la cour, les garçons écaillaient et vidaient les poissons. Sur une table rongée par les intempéries étaient étalés des mulets grassouillets, une raie à longue queue et des *barramundis*. Isaac nettoyait le corps de la raie. Il a incisé le ventre blanc de l'animal pour en extraire un bloc flasque et suintant, de couleur indéfinissable.

« Tu vas le jeter ? j'ai demandé.

— Tu rigoles ! C'est l'meilleur morceau !

— Cuit, peut-être...

— Non, non, cru. C'est meilleur. »

Il m'a tendu l'offrande. « T'es sûr, Isaac ? » Peut-être étaient-ils en train de se payer ma tête. Leurs regards étaient braqués sur moi, auxquels sont venus s'ajouter ceux de Claude, de Patrick et d'Art. Pas moyen de me défiler. J'ai pris du bout des doigts le cube gélatineux. Un morceau est tombé par terre, dans la poussière, sous l'œil chagrin de Art. Toujours ça de gagné. J'ai aspiré une bouffée d'air chaud et j'ai fermé les yeux. Le contact du gras sur ma langue était répugnant, sans parler de l'odeur. Mais le goût rappelait le foie de morue de mon enfance. Tout le monde guettait le verdict.

« C'est bon. Manque peut-être une goutte de citron.

— Pour *Yagoo*, le meilleur morceau ! a célébré Dylan.

— *Yagoo* ! a repris en chœur Isaac.

— *Yagoo* », a répété Art, étrangement ému.

Augustus se dressait sur le pas de la porte, ombre massive auréolée de lumière. « *Napoleon*, viens là ! C'est l'heure du crabe *à la Marvin*. » Dans la salle étaient disposés des bougies à la citronnelle, d'âcres fumigènes. Les parasites, collés au plafond par le vent tourbillonnant des deux ventilateurs, tête en bas, rêvaient d'orgie sanguine. Les crabes, dans leur panier, ne bougeaient presque plus. Augustus en a attrapé un, lui a prestement arraché les deux pinces, puis, assurant sa prise sur la carapace, l'a brisée d'un coup. Voilà qui résolvait, une bonne fois pour toutes, l'éternel débat sur l'art de tuer les crustacés. Abasourdi par la puissance du geste, je l'ai regardé jeter les morceaux dans une marmite, puis répéter l'opération avec les autres crabes. Il a ajouté une pleine poignée de piments rouges et verts, une tasse d'huile et trois boîtes de conserve périmées, dont l'étiquette portait, à moitié illisible, la mention : « *Very hot chilli.* » Le genre de sauce réservé à quelques tordus que plus rien dans la vie n'excite. Une vapeur corrosive émanait de l'infâme mixture, attaquait la peau du visage. Au moins, les moustiques renonceraient pour un temps à nous tourner autour. Augustus a découpé le poisson, laissant de côté la raie et deux *barramundis*. « Pour la famille. » Il a versé le tout dans une gamelle cabossée, a ajouté de l'eau, des oignons, quantité d'aromates. De délicieux effluves embaumaient la grange, au grand désarroi des gens de Fitzroy, à jeun depuis la veille. Quand Augustus s'est tourné vers moi, j'ai aperçu avec effroi le gigantesque insecte posé sur sa joue. Un phasme, pattes accrochées à ses cheveux. « Mon ami. » Perché au sommet de son crâne, il lui dessinait un étrange chapeau dans le halo vacillant des chandelles. « Et maintenant, crabe *à la Marvin*! » Il a posé la marmite au milieu de la table. La bande de Fitzroy s'est jetée dessus, fourchette en main, avec politesse mais détermination, suivie de près par Noëlle. Passé les premières louanges, un silence de plomb s'est abattu sur les convives. À n'en pas douter, c'était fort. Empoignant une pince, j'ai croqué un bout de chair blanche. D'emblée, on sentait ce qui allait suivre, la poitrine incandescente, les cheveux qui démangent et, pour les plus sensibles, un bourdonnement dans les oreilles. Gary a sorti d'un carton le pain acheté à Broome. Tout le monde a tendu la main. Augustus, trônant en bout de table, suçait avec une joie non dissimulée les recoins d'une carapace. Le premier choc des épices encaissé, les hôtes cramoisis ont repris leurs conversations. Art observait avec une feinte appréhension chacune de mes bouchées, craignant le pire.

« C'est bon, hein, *Yagoo*!

— Ça veut dire quoi, *Yagoo*?

— Quelque chose comme un frère. »

Augustus a posé ses mains sur la table en me dévisageant.

« C'est celui qui passe avec toi les épreuves de la Loi. »

Patrick sirotait de minuscules cuillerées de sauce, visage déformé dans un rictus atroce, pour faire marrer les copains. Mal remis des excès de la veille, Gary piquait du nez. Neil, les yeux emplis de larmes, observait son monde avec bonhomie. À la fin du repas, Augustus est sorti fumer. La clarté retrouvée du ciel présageait le retour imminent de la saison sèche. Neil a proposé d'étudier avec nous les constellations australes. Pointant vers les cieux le faisceau de sa torche, il nommait un par un les astres, énonçant au passage de grands principes astronomiques. « Regarde, il éclaire les étoiles », a murmuré Art, incrédule. Il suivait la leçon avec l'intérêt un peu feint de qui aurait assisté par hasard à quelque cérémonie farfelue dans une contrée lointaine. « On classe les étoiles par ordre de luminosité, selon l'alphabet grec. Ici, vous avez Alpha du Centaure... » D'un ton docte, Neil égrenait les noms, les savoirs. Augustus m'a saisi le bras. « Tu vois l'ombre, sur la Voie lactée ? Le crocodile, tu l'vois ? » Empruntant la torche, il a esquissé au fond des abîmes célestes le contour d'une gueule. Art s'est penché à mon oreille : « C'est pas un croc'... C'est un émeu. »

De petits coups secs sur le front m'ont tiré du sommeil à l'aube. Art était penché sur moi. Il m'a tendu un paquet de sel, en désignant le filet.

Là, agrippée de toutes les ventouses de ses pattes à trois doigts, une grenouille verte me fixait, angoissée, de ses yeux globuleux. Art faisait mine de la saupoudrer. « Elle sait d'où tu viens, *Napoleon*, alors elle a la trouille ! » Attablé devant son énorme tasse de thé, une cigarette à la bouche et les cheveux ébouriffés, Augustus nous observait, la grenouille et moi, ravi d'entamer la journée par une si bonne blague.

« Eh, *Napoleon*, un déjeuner à la française.

— C'est gentil, mais elle est trop maigre.

— On a que ça en stock... »

Neil est arrivé, semblable au Neil de la veille, comme s'il avait dormi debout, tout habillé, avec son chapeau et ses bottes. Il a déposé sur la table une vieille monographie consacrée aux fermes de la région. Art feuilletait l'ouvrage, parvenant mal à dissimuler son émotion. Soudain, son visage s'est éclairé. « Regarde, *Yagoo*, c'est moi. » Un cliché jauni s'étalait en double page sur le papier rongé de moisissure. En arrière-plan, loin derrière la famille du propriétaire qui paradait en habits neufs, des hommes noirs étaient adossés aux barrières d'un enclos. Ils fixaient l'objectif, sans savoir qu'ils étaient dans le champ. « C'est moi, là. » La photographie, floue et lointaine, ne permettait pas de distinguer leurs visages. Les garçons étaient impressionnés. Pour eux, les cow-boys, c'était Clint Eastwood. Aucun d'eux n'était jamais monté sur un cheval, et les seuls bovins qu'ils avaient vus étaient depuis longtemps retournés à l'état sauvage. « T'avais un flingue ? » l'a questionné Dylan. Non, a répondu Art. Ils l'ont laissé à ses souvenirs, désappointés. Gary s'est levé, râleur, et a tiré du lit les derniers endormis. « Putain, on est à la bourre ! »

Une heure plus tard, nous filions sur Wreck Point. Augustus, devant nous, roulait à pleine vitesse. Bien décidé à suivre le rythme, Gary épousait le plus fidèlement possible sa trajectoire, mâchoires serrées. À quelques centimètres près, une roue pouvait se fracasser. Le premier signe de vie que j'ai aperçu, c'était un château d'eau pointant son dôme rouillé au-dessus des arbres. Des baraquements délabrés, un hangar à bateaux, deux pompes à essence devant un garage, l'ovale en friche d'un terrain de *footie*, une piste d'atterrissage en terre battue. Des allées secondaires coupaient à travers d'épaisses haies de palmiers et d'eucalyptus, qui dissimulaient les maisons au regard. La misère disparaissait au premier abord derrière la luxuriance de la végétation, la chaleur de l'air, l'extraordinaire richesse des couleurs. Nous avons débouché sur ce qui ressemblait à la grand-place, avec un magasin, un dispensaire aux volets clos. Gary est allé se ranger devant un bâtiment administratif. Le drapeau aborigène claquait dans le vent au sommet d'un mât. Un cercle jaune pour le soleil, pris entre deux traits colorés : rouge pour la terre, noir pour les hommes.

Une foule endimanchée nous attendait sous l'appentis. Long moment de flottement, aucun des deux groupes n'allait à la rencontre de l'autre. Art a rejoint des vieilles dames assises dans l'herbe sous un palmier. Il s'est accroupi parmi elles avec un naturel qui trahissait l'intimité. Comment avait-il retrouvé ses proches sans même avoir fait mine de les chercher des yeux ? Ils s'étaient reconnus sans un mot, sans l'effusion des retrouvailles, comme s'ils s'étaient quittés la veille. Épaules droites, écoutant avec attention, Art ne prenait la parole que quand son tour venait. Assis sur son siège, portière ouverte, Augustus roulait une cigarette. Enfin, il s'est levé pour passer les siens en revue, allant de l'un à l'autre tel un député en campagne, sans précipitation. Face à face, regard baissé en contemplation du sol rouge, les interlocuteurs échangeaient de petits signes de la main, d'imperceptibles grimaces, hochaient doucement la tête et, pensifs, se frottaient le crâne, comme si l'autre avait soulevé, par sa seule présence, une difficulté insoluble. Une communication silencieuse, liée peut-être aux contraintes de la chasse, de la pêche, depuis des millénaires. Au moindre bruit, des heures, des jours, des semaines de traque patiente pouvaient se réduire à néant. Au temps de l'oppression, la parole proscrite avait emprunté ces voies détournées, reprenant à son compte les codes ancestraux. Un type portant une barbe de trois jours et des fripes crasseuses est arrivé sur une mobylette d'avant-guerre. L'apercevant, Augustus a pointé le doigt vers ses terres puis, posant ses index sur son front, a décrit deux grands arcs de cercle, cornes recourbées. Épaulant un fusil imaginaire, il a pris le soin d'ajuster sa cible avant de presser la détente. Hilare, le type est reparti d'où il était venu dans une pétarade retentissante. Augustus riait aux éclats. « Hé, *Napoleon*! L'idiot du village, sacré chasseur! Il va tuer l'taureau sauvage de l'autre jour. Pas besoin de parler, on s'comprend. Un homme, tu peux dire d'où il est rien qu'à ses gestes. Une fois, à Darwin, un gars s'approche et m'fait : "Toi, t'es d'Wreck Point." Il m'avait vu m'gratter la tête, comme font les gens d'ici! »

Gary l'a interrompu : « On la fait, cette réunion ? » Ils sont entrés dans les bureaux, invitant Neil et la bande de Fitzroy à les suivre. Art est resté auprès de ces dames. Me voyant seul, il m'a appelé. « Lui, c'est *Yagoo*! » Ses compagnes m'observaient du coin de l'œil, amusées. Elles étaient sans doute moins âgées qu'elles ne le paraissaient. Ni la dignité un peu figée des poses ni les robes colorées sorties pour l'occasion ne suffisaient à faire oublier leurs visages cabossés par les rudesses de la vie. Les rides disaient tout des détresses passées, des exils, du labeur, de l'alcool aussi. Et pourtant, le sourire restait éclatant, pied de nez aux mauvaises années. Art jouait son rôle d'invité avec grande conviction, donnant des nouvelles du pays, racontant des histoires. Une femme a apporté du thé, des gâteaux secs. Dans le choc des tasses contre leur soucoupe, les soupirs de satisfaction, la discussion a soudain revêtu l'allure d'un rendez-vous mondain sur l'herbe. Cette humanité me troublait, le chant de leurs voix, la douceur des gestes.

Au bout d'une petite heure, les membres de l'assemblée sont ressortis du bâtiment. Au milieu du groupe, Gary se chamaillait avec une femme d'un certain âge, trapue et énergique. Elle râlait, pestait, grondait, s'arrêtant parfois pour saluer d'un bref sourire tous ceux qui passaient devant elle. Comme je venais à leur rencontre, elle m'a dévisagé puis, sèchement, d'un ton qui n'appelait aucune réponse, elle a grondé : « Alors c'est toi, *Napoleon* ? » Dans son dos, Augustus fumait une cigarette, fier de son coup. Sentant que quelque chose clochait, elle s'est retournée, furibarde.

« J'me disais bien qu'c'était bizarre...

— Si, si, *Napoleon*. Hein, *Yagoo* ?

— Oui, c'est ça, *Yagoo Napoleon*, ai-je confirmé, soucieux de simplifier les choses.

— Moi, c'est Bonnie, j'suis la sœur d'Augustus. Hé, tu les emmènes où, cet après-midi ? Les invités, faut s'en occuper !

— Ouais, j'vais t'apprendre à pêcher, hein, *Napoleon* ?

— Quoi, *tu* vas ? s'est indignée Bonnie. Tu as des invités, et tu préviens personne ? On vient tous, qu'est-ce tu crois ! Bougez pas, j'vais chercher les autres... »

Deux heures se sont écoulées. Rien ne bougeait. Prétextant une course de quelques minutes, Augustus avait disparu. Quant aux garçons, ils s'étaient volatilisés dès notre arrivée. Il allait être difficile de rejoindre Broome le soir même. Neil l'avait compris, qui feuilletait des revues scientifiques. Stoïque, Gary lisait et relisait la rubrique gastronomique d'un journal périmé. « Hé, mon gars, tu connais l'jeu de l'attente? Ici, c'est les champions du monde. » Alanguie sous un arbre, Noëlle tressait un bracelet en fibre de cannabis. L'internationale New Age investissait Wreck Point. Les trois filles de Fitzroy, assises sur un banc, se racontaient des blagues à n'en plus finir. Quant à Patrick et Claude, évanouis dans la nature, ils avaient sans doute rejoint Art, invité à manger chez l'une de ses cousines. Décidément, c'était mal barré.

Vers midi, une sonnerie stridente a retenti derrière le bâtiment. Une ribambelle d'enfants, sacs à l'épaule, se sont rués vers la place. Ils sortaient de l'école, semblables à tous les gosses du monde quand la classe est finie, piaillant à tout-va, se chamaillant, lançant des défis imbéciles, riant beaucoup. Las d'apprendre par cœur le menu raffiné d'une grande table distante de quatre mille kilomètres, Gary a claqué sa portière. « On va chez Bonnie ! » Un petit sentier coupait à travers les arbres, menant à une impasse bordée de bâtisses délabrées. La maison de Bonnie se trouvait tout au bout. La façade aux couleurs éclatantes, les parterres de fleurs contrastaient violemment avec les taudis des voisins, dont les vitres brisées, les peintures écaillées, les jardins jonchés d'immondices formaient un bien triste spectacle. La voiture d'Augustus était garée en face. Sur la terrasse, Bonnie jouait aux cartes avec un couple. « Ma fille Grace, son vaurien de mari. » Le fameux Radu, dont Dylan m'avait vanté la force, était d'une stature colossale. Grace n'était pas mal non plus. À l'intérieur, affalés dans le canapé, des gamins regardaient un jeu télévisé, proférant à l'adresse des candidats les commentaires les plus obscènes. Attablé dans la pénombre de la salle, Augustus buvait son thé en fumant. « Hé *Napoleon*, te voilà ! » Les yeux rivés à ses cartes, Bonnie a marmonné : « J'attends ma nièce Gloria. C'est elle qu'a la caisse. »

Il faisait bon sur la terrasse, qu'un imposant palmier enveloppait d'ombre aux heures chaudes de la journée. Tendu au-dessus de la table, un grillage interceptait les noix de coco qui, dans leur énorme gangue verte, tombaient parfois sans crier gare. Adossé au tronc, j'observais les joueurs, sans rien comprendre des rares paroles qu'ils échangeaient dans leur créole aborigène. La seule chose que je savais, c'est que Bonnie perdait plus souvent qu'à son tour, car elle s'emportait à chaque fois, maudissant sa malchance, ses adversaires et jusqu'au ciel lui-même. Radu, studieux, s'efforçait de disparaître derrière les cartes, si petites dans ses mains de géant. Quant à Grace, son unique but semblait de faire perdre sa mère, pour se délecter de ses colères de tragédienne mal embouchée. Grace, presque sourde, se penchait en avant, l'oreille tendue. L'outrance des jurons devenait insoutenable.

« Voyons, Bonnie, causez pas comme ça! s'est indigné Radu.

— Gaffe, Radu, l'a interrompu Grace, tu vas la mettre en boule!

— S'il y a une chose à éviter, c'est bien fâcher Madame. »

À la voir marcher de son pas court et trépidant, le poing serré, prête à cogner sur l'importun, on devinait son caractère. Elle ne payait pas de mine, Bonnie, mais on sentait, c'est sûr, qu'il valait mieux ne pas se la mettre à dos.

« Eh, Grace, a ajouté Radu. Raconte à *Napoleon* l'histoire du voyage...

— Hein ? l'a coupé Grace.

— Le voyage à Perth ! a hurlé Radu, articulant à l'extrême.

— Me gueule pas dessus ! Je suis pas sourde ! »

Vexée, elle s'est tue. Radu ne savait plus où se mettre. En guise de réconciliation, il lui a asséné une bourrade à tuer un bœuf. Grace a souri sans broncher, avant de reprendre. « On était à Perth, toutes les deux. Au casino, pour voir le spectacle son et lumière. C'était beau... Un jeune déboule en courant. Un Noir, comme nous. Il attrape le sac de maman, mais elle, elle lâche pas... Elle tire un grand coup, le type tombe à quatre pattes. Là, elle lui balance son poing dans l'pif ! Le gars, il était sonné, fallait voir ! Maman, elle lui a fait : "C'est pas des façons de traiter une grand-mère." » Bonnie a enfoncé sa tête dans les épaules. Un éclat mutin brillait dans ses yeux noirs.

Radu distribuait une nouvelle donne quand les Land Cruiser ont débarqué. Les gosses surexcités ont envahi la terrasse, galopant à grands cris tout autour de la table. Une troisième voiture est arrivée en klaxonnant. « Gloria ! » s'est exclamée Bonnie. Sans éteindre le moteur, la jeune femme au visage rayonnant a crié par la fenêtre : « C'est parti ! » Le portrait craché d'Isaac, même port altier, même élégance. En un éclair, les provisions ont été entassées sur la plate-forme arrière. Comme par enchantement, Isaac et Dylan sont apparus juste au moment où les gamins se précipitaient vers les voitures, raz de marée de bruits et de couleurs à hauteur de hanche, se glissant partout et trouvant de la place où il n'y en avait plus. Un petit garçon s'est incrusté sur la banquette avant, entre Augustus et moi. Dans l'excitation du départ, il aurait aimé faire une bêtise mais n'osait pas vraiment, impressionné de côtoyer l'Ancien. Un regard appuyé a glacé sur place le jeune audacieux, main sur l'allume-cigare. Il s'est redressé sur le siège, imitant la posture d'Augustus, sa manière de conduire la clope calée au coin des lèvres et, comme je l'observais, m'a balancé dans les côtes un grand coup de son petit poing. « Hé, Tyron, tu veux que j'te fasse la même chose ? » a tonné Augustus. Dans une grimace pitoyable, Tyron s'est blotti contre lui, implorant la clémence. Augustus s'étouffait de rire. « C'est moi l'empereur, hein. Et *Napoleon*, c'est mon général ! » Le gamin s'est tourné vers moi, circonspect.

Les quatre véhicules s'étiraient en file indienne, caravane de cirque au premier jour d'une longue tournée. Nous avons traversé en trombe le campement d'Augustus, avant d'emprunter un chemin envahi par les herbes. La marée haute avait fait monter le niveau de la crique que nous longions, inondant la piste. Dans un virage, une roue s'est embourbée. J'allais descendre quand les mains d'Augustus ont claqué sous mon nez, funestes mâchoires. « Pas bon, *Napoleon*, quand la marée est haute comme ça... » Il s'est extirpé de l'ornière en marche arrière, avant de repartir doucement, en seconde. J'avais le pouls à cent à l'heure.

« Y a des crocodiles, dans le coin ?

— Sans doute, a répondu Augustus, évasif.

— Dangereux ? J'veux dire, pour l'homme.

— Tout dépend quel homme, hein, *Napoleon* !

— Hé, *Yagoo*, a chanté Isaac de sa voix cassée. Tu sais c'qu'Augustus dit toujours ? "Un croc' te bouffera que si tu lui donnes l'occasion." »

Amusé, Augustus a braqué le volant à angle

droit, vers la rivière. Sans hésiter, il s'est engagé dans le gué. Enfin, ça semblait en être un, le chemin continuait de l'autre côté. Mais je commençais à douter. L'eau grondait contre les portières, suintant à l'intérieur, là où les vieux joints manquaient d'étanchéité, ou par les trous que la rouille perçait dans le plancher. Augustus, clope au bec, gardait le cap sans sourciller. Atteignant l'autre rive, il a rétrogradé, pied au plancher, pour escalader le talus. Collé à mon siège, j'ai senti les roues chasser sur le sol instable. Dans un dernier effort, la voiture s'est dressée à la verticale, avant de retomber violemment au sommet de la butte. Des dunes de sable blanc se découpaient à perte de vue sur le bleu du ciel. La baie dessinait à leur pied un arc de cercle idéal. Au large, un archipel éparpillé frissonnait, indécis, dans la brume de chaleur posée sur l'océan. Nous nous sommes garés au pied d'un promontoire dominant les mangroves, à l'autre bout de la baie. La marée avait englouti pour quelques heures les bosquets de palétuviers, dont les plus hautes branches dansaient à la surface, portées par le flux indolent de la houle. Très vite, Gloria et Bonnie ont pris la tête des opérations, et envoyé les gamins rassembler du bois sec, pendant que Dylan appâtait nos lignes.

Les pêcheurs se sont dispersés par petits groupes le long des mangroves. J'ai dévalé la dune avec Isaac. Il m'a montré comment tenir la ligne, le rouleau dans la main gauche, légèrement inclinée, paume vers le ciel. De sa main libre, il a fait tournoyer le plomb et l'hameçon au-dessus de la tête. Le plomb a crevé la surface, quinze mètres plus loin. Presque aussitôt, Isaac a remonté un poisson gris-bleu. J'ai tendu la main pour décrocher l'hameçon, Isaac m'a retenu par l'épaule. « Regarde », a-t-il dit, en écartant l'ouïe avec délicatesse. Deux petits dards pointaient sous les écailles. « Si tu t'piques, *Yagoo*, tu seras malade comme un chien. Allez, à toi ! » J'ai déroulé un mètre de ligne et je l'ai fait tourner, de plus en plus vite. Il m'a fait signe de lâcher, j'ai laissé filer. L'hameçon est allé se poser sur la tête de Dylan. À ma seconde tentative, la ligne est retombée dans un plouf lamentable, à deux mètres du bord. Diplomate, Dylan m'encourageait : « C'est déjà mieux, *Yagoo* ! » Isaac observait mes efforts du coin de l'œil, sceptique. Ma ligne s'est coincée sous une pierre, et je tirais comme un damné quand Augustus est venu aux nouvelles, hilare. « Hé, *Napoleon*, c'est au moins un croc' que t'as là! » Il a déplié son grand siège de toile. « Approche, *Napoleon*. » Tout en pêchant, il décrivait pour moi le comportement des poissons à ce stade de la marée, ce qu'il convenait de faire pour les capturer, joignant le geste à la parole. Je déprimais, coincé que j'étais entre lui et la belle Gloria, rivalisant d'adresse. « *Napoleon*, au pied des mangroves », répétait Augustus, mais ma ligne franchissait à peine la moitié de la distance. Déconcerté, Augustus a mis un point d'honneur à ce que je prenne un poisson, n'importe lequel. Désignant des bulles à la surface, près des arbres, il m'a dit : « Là-bas. » J'ai respiré profondément. Ma ligne est retombée exactement où il fallait. Un à-coup sur le fil, une tension continue. J'ai ferré d'un coup sec, je le tenais. Quand je l'ai sorti de l'eau, Gloria a éclaté de rire. La robe du poisson, multicolore, brillait au soleil. Il ne mesurait guère plus de dix centimètres, mais Augustus était fou de joie. « Pour cette espèce, c'est un géant! Sacrée prise! »

Que faire de mon poisson rouge? Plus personne alentour ne se souciait de mes exploits. L'atmosphère venait de changer brutalement.

Silence, regards. Au sommet de la dune, la bande de Fitzroy trépignait, Bonnie avait rassemblé les enfants près du feu. Immobile, Augustus a soufflé : « Regarde, *Napoleon*. Un croc' est entré dans la baie. Juste là, dans les mangroves, près du second groupe d'arbres. » Augustus s'abstenait de le montrer du doigt, comme pour ne pas le froisser. L'endroit dont il parlait n'était qu'à une trentaine de mètres, et je ne voyais rien. « Il observe, sans bouger. » En deux secondes, il aurait pu être sur nous. Je me suis raidi. « T'inquiète, *Napoleon*. Il a la trouille, on est bien trop nombreux pour lui. Le croc', il attaquera jamais un groupe. Seulement les gens isolés, faibles. Il vient pour se montrer, pour nous dire : "Ici, c'est chez moi!" Un croc' qui attaque, *Napoleon*, c'est autre chose. Quand tu l'vois, c'est trop tard. Le croc', il peut rester longtemps au fond d'l'eau, à attendre. Il est à tes pieds, tu l'vois pas... Lui, il te regarde, il attend l'bon moment, et hop! Là, il prévient, c'est tout... » La présence d'Augustus donnait l'absolue certitude qu'il n'y avait rien à craindre. D'ailleurs, si j'avais été crocodile, ce n'est pas lui que j'aurais choisi. Dans sa jeunesse, il les avait chassés. Les élevages de la région cherchaient des monstres de quatre, cinq mètres, pour la viande, le cuir, le divertissement des badauds. Vivants, bien sûr, ça compliquait la tâche. Perché dans les palétuviers, Augustus jetait sur la tête du crocodile un malheureux bout de tissu. En théorie, l'animal se figeait, aveugle. Alors il lui tombait dessus, enserrait la gueule dans ses bras. On dit que leurs mâchoires sont dotées de muscles puissants pour refermer la gueule, très faibles pour l'ouvrir. Un homme du gabarit, de la force d'Augustus n'avait donc aucun mal à maintenir fermé cet instrument de mort. Les problèmes commençaient dès que le crocodile se rendait compte du subterfuge, et qu'il se débattait, dans son élément. S'ensuivait le moment crucial où il vous entraînait sous l'eau, tandis que vous tentiez de le ligoter. Pour se fourrer de son plein gré dans une situation pareille, il fallait être idiot, ou bien sûr de son fait. Ce qui revenait souvent au même.

« Alors faut pas se promener là tout seul ? j'ai demandé.

— Ah non, *Napoleon*. À moins de marcher en haut des dunes. Parce qu'ils galopent, les croc', même sur le sable ! Ou bien t'amènes un chien... Le crocodile raffole des clebs. Friandise ! Il entend aboyer, on l'tient plus, il est comme fou... Crois-moi, *Napoleon* : s'il a le choix, un croc' ira toujours après le chien.

— Mais dans l'affaire, tu perds ton chien !

— Hé, *Napoleon*, qui t'a dit de prendre le tien ? Celui du voisin, il te faut... Une pierre, deux coups : le croc' te bouffera pas et le clebs d'à côté, celui qu'aboie tout l'temps, t'en es débarrassé. »

Bonnie et Gloria s'affairaient autour du feu de camp, sur lequel grésillaient des poissons de belle taille. « C'est cuit », a grommelé Bonnie. Noëlle creusait le sable de ses mains. Repoussant d'un bâton les braises enfouies, elle a retiré du sol, merveille, un gros pain rond et plat. Bonnie a passé sur la croûte le revers de sa main, tandis que Gloria empilait les poissons sur des feuilles tressées. Bonnie en a déposé un devant moi. « Goûte ça, *Napoleon*. Garde la queue pour la fin, c'est le plus goûtu. » Quelques miettes de chair blanche sur une miche de pain chaud, j'en aurais ronronné. Satisfaite, la maîtresse de cérémonie a repris ses activités, attentive au bien-être des invités. C'était à elle que se plaignaient le petit garçon en sanglots moqué par ses copains, la gamine qu'une autre avait privée de son poisson. Elle répondait à ces requêtes d'un ton courroucé, qu'elle contredisait aussitôt d'un geste tendre de la main pour essuyer une bouche, recoiffer des cheveux, caresser une épaule, grognant son infinie tendresse à tous ces enfants d'autres femmes. À chacun, elle réservait un bon morceau, un mouchoir propre, une discrète attention de tous les instants. Si l'un d'eux s'éloignait du groupe, elle l'attrapait au vol et le déposait près des autres, scrutant les mangroves avec une inquiétude outrée, pédagogique. Les gosses la craignaient moins qu'Augustus, dont la stature physique et symbolique les gardait à distance, sauf quand le géant saisissait l'un d'eux par les pieds, le traînant jusqu'à lui pour lui frotter la tête. Tous, surtout les garçons, aimaient à provoquer Bonnie. Mais il suffisait à Mère Courage de feindre le désintérêt ou, pire, la déception, pour que l'effronté vienne s'excuser en gémissant. À la fin du repas, les enfants se sont assoupis les uns sur les autres, dans le Land Cruiser de Gary. Devant, Isaac et sa bande s'étaient emparés de la sono. Dylan reprenait en chœur, gestes à l'appui, le célèbre refrain d'un groupe de rock aborigène.

« Ce sont les gosses des rues ! Et ils marchent pieds nus.

— Est-ce que j'en ai, moi, des godasses ? » a protesté Art, dérangé par le bruit.

Je me suis assis contre une roue, entre Neil et Gary. Ils dormaient tous les deux, casquette de base-ball et chapeau de cow-boy. J'écoutais la joie des garçons, savourant sans rien dire la sérénité d'une fin d'après-midi à la plage, en famille. Les gestes sûrs de Gloria, qui attisait le feu sous les derniers poissons ; le calme céleste d'Augustus, clope au bec, regard dans le vague ; la douceur de Bonnie, cajolant la nuque du petit Tyron, endormi sur ses genoux. Si c'est chez soi qu'on est censé être le mieux, alors je me sentais chez moi. Flatté par mon sourire béat, Augustus m'a rejoint. « Tu t'plais ici, hein, *Napoleon*. Reste, autant qu'tu voudras. » Touché, je n'ai su que répondre. Alors il a ajouté, moqueur :

« Pour t'apprendre à pêcher, faudra bien compter deux, trois ans !

— Et encore ! s'est esclaffée Gloria.

— L'écoute pas, *Napoleon* ! C'était un beau poisson... »

Le feu a rendu l'âme dans un filet noirâtre. La marée avait découvert les mangroves, pas trace du crocodile. Gary a levé les yeux vers le ciel. Le soleil était bas sur l'horizon. « J'vois qu'c'est râpé pour Broome... Hé, Augustus, j'crois qu'on va rester pour la nuit. »

Arrivé chez lui, Augustus est monté dans la salle. Il a rapporté le poisson de la veille, l'a offert à Bonnie, enveloppé de papier journal. « La raie, c'est c'que j'préfere! » Elle s'est tournée vers moi, m'a fait signe d'approcher. « Montre tes bras, *Napoleon*. » Elle a passé le doigt sur mes plaies, les a examinées, puis a chargé Dylan de trouver une écorce rare, et de la faire bouillir pour l'appliquer en cataplasme. « Tu verras, ça guérira vite. » Les enfants, entre-temps, s'étaient répandus aux quatre coins de la cour. Bonnie a sonné le rappel d'une voix martiale. En s'éloignant, son pick-up couvert de gamins ressemblait à un camion de soldats en débâcle. Des gens de Wreck Point, seuls Isaac et Dylan sont restés. Nous avons bu un thé, dévoré à grand bruit les poulets rôtis de Gary, puis la salle s'est vidée. Je me suis allongé par terre entre deux matelas, mon oreille collée au plancher, qui résonnait des mouvements désordonnés de milliers d'insectes.

La fraîcheur de la nuit flottait encore dans l'air quand Gary nous a réveillés. Il devait être à Broome dès le début d'après-midi. Art s'était levé aux aurores pour charger les voitures. Il poussait un peu tout le monde, soucieux de hâter le départ. « Ce soir, on f'ra la fête, *Yagoo*. » Gary s'est approché de moi. « Augustus m'a dit qu'tu restais. C'est bien. Mais fais pas d'conneries. Si t'attends pas la saison des pluies, y aura toujours quelqu'un pour te ramener. » Une dernière fois, Art m'a pris par l'épaule avec une tendresse de grand-père. J'ai entendu le bruit des moteurs, les changements de vitesse. Ils étaient déjà loin. Augustus laissait refroidir son thé. « Hé, *Napoleon*, qu'est-ce que t'as d'beau à raconter ? » Ce genre de question m'a toujours horrifié. Par réflexe, j'ai avalé une gorgée de thé bien trop chaude, qui m'a brûlé les lèvres. Isaac et Dylan me dévisageaient, perplexes. Larmes aux yeux, je me suis raccroché à la première histoire qui me passait par la tête.

« L'année dernière, à Melbourne, y avait des marins français. Ils participaient à une course. On les a invités au cocktail, en pleine cambrousse. Champagne, vin, digestif. Quand ils sont repartis, ils en tenaient une bonne. Nuit noire, des bancs de brouillard. Là, un kangourou a sauté sur la route, trop tard pour l'éviter. Un choc terrible. Ils sont sortis pour constater les dégâts. Le kangourou était sous la caisse, il bougeait plus.

— C'est quoi cette histoire, *Napoleon*?

— Attends. Un des marins a eu une drôle d'idée, devait être sacrement bourré. "Si on l'habillait, pour faire des photos?" Ils revenaient du cocktail, costume officiel et tout, fringués en Armani. Alors, ils ont dégagé l'animal, lui ont enfilé une chemise, une veste, une cravate. Ils se sont pris les uns les autres, dans les bras de l'animal.

— Barjos, hein, les Français, a jugé Dylan.

— Un kangourou mort... grimaçait Isaac.

— Ben, justement. Il l'était pas. »

Isaac et Dylan se sont regardés, dubitatifs.

« C'est vrai, a confirmé Augustus. Dans ces cas-là, ils font le mort.

— Alors les types, ils prenaient leurs photos, et le kangourou a eu peur du flash. Il s'est levé d'un bond et s'est barré dans le bush avec son costume Armani.

— Sûr qu'il a l'air finaud, ton kangourou, à s'balader comme ça, les fesses à l'air », a conclu Augustus, riant dans ses moustaches.

Wreck Point

La chaleur était suffocante. Augustus s'était mis en tête de démonter la boîte de vitesses d'une épave pour remplacer celle d'un pick-up déglingué. L'intérêt de l'opération ne sautait pas aux yeux, mais Augustus jurait qu'avec une boîte en état de marche, le véhicule serait comme neuf. Sur un échafaudage incertain, il a crocheté son palan à chaîne. Une épaisse couche de rouille grippait le roulement des poulies. Transpirant en abondance, Augustus soulevait le moteur à bout de bras pour engager la chaîne. « Hé, *Napoleon*! Un p'tit moulin de rien du tout! » Travailler avec Augustus n'était pas chose aisée. Il transmettait ses instructions par signes ésotériques. J'ai actionné le palan. La charge s'est élevée doucement, par à-coups. À chaque nouvel effort, la charpente de l'échafaudage tressaillait à se rompre. Soudain, le palan s'est coincé. J'avais beau m'échiner sur la chaîne rouillée, plus rien ne bougeait. Il devait faire trente-cinq à l'ombre, la sueur roulait à grosses gouttes sur mes bras couverts de cambouis. Augustus a posé ses outils et, laissant le moteur suspendu dans les airs, il est rentré prendre un thé. Dix minutes plus tard, il faisait la sieste dans sa chambre.

En fin d'après-midi, Dylan m'a proposé d'aller chercher des coquillages. Il a pris un étroit sentier, à peine visible sous les herbes. « Regarde où tu marches, *Yagoo*! » Le chemin s'élevait à flanc de colline. « Un python, ça, un gros... » Accroupi, Dylan épousait du doigt le tracé d'une empreinte large et sinueuse, imprimée dans le sable. « Tu vois, *Yagoo*, c'est lent, ça, comme serpent... Mouvement rapide, les boucles s'allongent... Un serpent brun en chasse, pfouit, un trait, tout droit! Ça, tu vois, c'est un gros pépère de python. Peinard, hein, pas pressé... »

Des milliers de traces zébraient le sol. Toutes menaient à des prédateurs embusqués.

« Hé, Dylan. Des accidents, y en a jamais? Des gens qui s'font mordre?

— Pas souvent, non, j'crois pas... Ou alors

des gars soûls, la nuit, font plus attention... Un type, il avait bu... Eh, *Yagoo*, pas qu'un peu! Ils l'ont ramené de Broome... Lui, il a coupé par les buissons, pour rentrer plus vite... Les buissons, en pleine nuit! Le serpent-tigre, six morsures, qu'il lui a données!

— Il est mort?

— Ben non. Pas croyable, hein? Mais on lui a coupé la jambe... Et le serpent, *Yagoo*, crevé! On l'a retrouvé près du type, le matin... Tué par l'alcool, hein, à c'qui paraît, tellement le type en avait plein l'sang! Eh, *Yagoo*. C'est pas bon, hein, l'alcool... »

Le chemin donnait sur une crique. La marée s'était retirée, nous avons gagné les mangroves. « Tu sais, *Yagoo*, Gloria, toute petite, elle s'est fait choper par un serpent-tigre... C'était trop loin, l'hôpital... Y avait pas d'avion à Wreck Point. Alors, les gens ont fait venir mon grand-père... Un homme aux grands pouvoirs... Il a arrêté le poison dans les veines, hein, juste avant le cœur... Et là, il l'a poussé, tout doux, le long des bras... Il l'a descendu, comme ça, jusque dans les mains... Et puis, après, il a fait couler le poison par le bout des doigts... » À l'orée des mangroves, Dylan récoltait de grosses coques ensevelies dans la vase noirâtre, sous les racines des arbres. Je scrutais le sol à la recherche d'un filon. Sillons ondulés, racines entortillées et fragments épars de coquilles formaient une mosaïque indistincte dans le clair-obscur du soleil, filtré par le feuillage, miroitant à l'infini dans des milliers de flaques. Je répugnais à plonger mes doigts dans la vase. Aucune envie de savoir ce qui s'y cachait, prêt à surgir, crocs ou pinces en avant. Je restais là, planté, guettant l'indice, sursautant aux sinistres craquements du bois mouillé dans les profondeurs des mangroves. S'il ne s'était agi que de moi, j'aurais à coup sûr fait l'impasse sur le repas de fruits de mer. Enfin, j'ai déniché des coques dans le lit d'un ruisseau. Me redressant, les mains pleines, j'ai senti un mouvement furtif dans les ramures, au-dessus de moi. D'un coup, j'ai réalisé : *le danger vient aussi d'en haut.* J'ai fourré les coques dans mes poches. Garder les mains libres, ne pas frôler les branches. À ce moment précis, si un crocodile avait dégringolé d'un arbre, je n'aurais pas été surpris. J'ai attendu sur le chemin que Dylan émerge des mangroves. Dans sa besace s'entrechoquaient des coquilles par dizaines. J'y ai versé mes deux poignées de coques sableuses.

Dylan m'a souri, indulgent. « Hé, *Yagoo*, t'as pas faim, on dirait ! » Du sommet de la colline, il a montré une large baie, loin vers le nord.

« Tu vois, la baie, là-bas ? Au bout d'la baie, tout au bout, y a une falaise très haute... Petits, *Yagoo*, on y jouait... On plongeait des rochers, plouf, dans le tourbillon ! Dans l'eau, hein, jusqu'au fond... Ça tourne à toute vitesse, faut faire bien attention, hein, c'est un vrai tourbillon ! Quand t'es au fond, tu donnes un grand coup d'pied, hein, et tu nages... Tu sais, *Yagoo*, le tourbillon, il est toujours là... Les enfants, ils jouent dedans... C'est l'Serpent arc-en-ciel qui l'a fait, au temps de la Création...

— Le Serpent arc-en-ciel ?

— Oui, *Yagoo*... Le Serpent arc-en-ciel, il a traversé les terres de Wreck Point... C'est là qu'a commencé la Loi... Le Serpent arc-en-ciel, il a créé la Loi... Et puis il a plongé du haut de la falaise, hein, et il a disparu dans la mer en se tortillant... Ce tourbillon, *Yagoo*, c'est le Serpent.

— Il est resté au fond ?

— On dit qu'il est ressorti quelque part, hein, très loin... À l'intérieur des terres, un lieu secret... Un lac d'eau salée qui vient d'la mer, *Yagoo*, sous le désert... On dit que les plus beaux poissons... »

L'empreinte rectiligne d'un gros serpent nous barrait la route. « Pas bon, *Yagoo*... Un taïpan, hein, il doit pas être loin... » Les battements de mon pouls me bourdonnaient aux tempes. Un taïpan, pas loin... Le nom seul faisait froid dans le dos. « Bouge pas, surtout. S'il a peur, il attaque. Tue un bœuf, hein, en même pas dix secondes... » Un mouvement, dans les taillis. « C'est lui, il est là », a soufflé Dylan. Puis il a repris sa route, rassuré. « Tu sais, *Yagoo*, s'il fait du bruit, c'est pour nous mettre en garde... Le taïpan qui attaque, hein, tu l'entends même pas ! » Je l'ai suivi, à petits pas, tâchant de reprendre mon souffle.

Soupesant la besace, Augustus nous a félicités. « Ce soir, *pasta alla marinara.* » Au détour de la conversation, j'ai mentionné le Serpent arc-en-ciel, l'endroit mystérieux du désert. Fixant la cigarette qu'il achevait de se rouler, Augustus n'a rien dit. Dylan avait-il trahi un secret ? Augustus léchait le bord adhésif du papier. « J'connais l'endroit, *Napoleon.* » Il a allumé sa cigarette, puis, après un long moment de plaisir silencieux, il a ajouté : « J'y suis allé. » Il a levé les yeux vers moi, mystérieux. Il avait touché juste, et il le savait. Mais il prolongeait le suspense, en habile conteur. Quand il a repris le cours de son récit, sa clope s'était consumée. « Tu sais, *Napoleon*, certaines années, les Anciens des tribus se retrouvaient dans le désert. Pour les Bardis, c'est moi qu'on envoyait. Un endroit chaque fois différent. J'aimais bien y aller, tu sais, c'était comme une grande fête. Des danses, de la musique, des concours de lancer… On racontait tous des histoires… Cette année-là, ça fait déjà un sacré bail, la réunion avait lieu dans l'désert de Gibson. En route, je me suis arrêté derrière Sandfire Flat, deux Anciens m'attendaient. Dans la voiture, on rigolait… On a pris la piste à travers le désert. Le soir, on a fait un feu… Ils m'ont parlé du lac où le Serpent arc-en-ciel est sorti. Ils savaient que, dans ma Loi aussi, c'est important. Pour eux, c'est un site sacré, tout le monde peut pas y aller. Moi j'étais initié, avec eux j'avais l'droit. Le lendemain, ils m'ont guidé dans le désert, au milieu des dunes. Il faut connaître, tu sais, c'est pas sur les cartes. Avec toutes ces dunes, on s'perd facilement, c'est toutes les mêmes quand on connaît pas. Mais les deux Anciens, c'était chez eux, ils m'ont emmené droit où il faut. Une oasis, un point d'eau avec de la végétation autour. Pas celle du désert. Des arbres, des plantes, les mêmes que par ici! Et le lac, de l'eau salée, qui monte, qui descend avec la marée! » Tout en parlant, Augustus mimait inconsciemment les gestes de la pêche. Ses mains menaient leur vie, indépendantes, elles racontaient à leur manière.

« C'est plein d'poissons, là-dedans! Des poissons de mer. Des *mangrove jacks*, dans le désert! On les a grillés sur le feu, on s'est régalés tous les trois... J'étais bien, ils disaient rien mais ils étaient contents pour moi.

— T'y es jamais retourné?

— Impossible, *Napoleon*. Seulement avec eux... Sinon, l'endroit disparaîtra. »

Augustus, les yeux dans le vague, a eu un beau sourire, découvrant ses dents blanches et régulières. À le voir, on aurait juré qu'il descendait du paradis.

« Et le rassemblement, c'était comment?

— Bien, *Napoleon*, très bien! On mangeait comme des rois, des choses que j'avais jamais goûtées. Le matin, j'partais chasser avec les hommes, avant le lever du soleil, et le soir on dansait, on chantait. Une fête du tonnerre! La ville, à côté, c'est d'la rigolade! Tout le monde se marrait. Les gens du désert, ils étaient imbattables aux concours de lancer. Leurs armes, ils les envoyaient vers le bas, elles ricochaient, deux éclairs dans le sable, et puis elles remontaient, tchac! Toujours dans l'mille, rataient jamais leur cible. Et de loin, des quarante, cinquante mètres! »

Il s'est tu un instant, puis il a soupiré : « Tout ça, *Napoleon*, c'était avant. » Une étrange mixture cuisait sur le réchaud, de l'écorce, des herbes fibreuses. « Mets ça sur tes blessures tant qu'c'est chaud, *Napoleon*. » J'ai enfoncé mes doigts dans la pâte brûlante, et je l'ai appliquée sur mes mains, mes bras. Le lendemain, mes plaies cicatrisaient.

Augustus était toujours le premier levé. Il buvait un thé, se douchait à l'eau froide dans le cabanon, derrière la grange. Ça faisait bien longtemps que le chauffe-eau avait rendu l'âme. Augustus se lançait alors dans l'une des innombrables réparations entreprises au fil des mois, et jamais achevées. Il fallait défricher sans cesse, mais l'herbe poussait plus vite que nous ne la fauchions, et nous rendions les armes sans insister vraiment. La nature ici était souveraine, elle ne laissait aucun répit. En fin d'après-midi, nous allions pêcher, ramasser les huîtres qui abondaient, fameuses, sur les rochers d'une certaine crique. Nous passions des heures entières à boire du thé, des litres d'un thé sombre, qu'il fallait mélanger à du lait en poudre pour le rendre buvable. Je me réveillais l'amertume en bouche et, au souvenir des jours passés, c'est ce goût-là qui me revient, associé à l'image d'Augustus, la tête enfournée dans sa tasse.

Dans l'indolence de nos journées, j'attendais avec impatience l'heure où tout recommencerait, la pêche avec Dylan, nos discussions du soir, à la fin du repas. Augustus, d'abord, se désintéressait de ce qui était dit. Il laissait parler les garçons, ravis de pouvoir raconter leurs meilleures histoires, les matches de *footie* les plus héroïques, leurs gloires de pêcheurs, les soirs de fête en ville. Dylan, surtout, aimait en rajouter, peaufiner ses récits, mettre en scène les exploits les plus invraisemblables, qui provoquaient le rire ou la stupeur. Quand je rechignais à le croire, Isaac venait à la rescousse, avec tant de conviction qu'il fallait s'incliner. À l'écoute des autres, Augustus s'échauffait. De petits rires d'abord, en commentaires narquois, puis sa grosse voix se mettait en branle. Avec les histoires d'Augustus, on basculait dans un autre monde, étrange assortiment d'un passé sans dates et d'images décalées, poétiques, tout droit sorties d'un rêve. Pour les garçons, l'idole absolue, c'était Bob Marley, ce qu'il fumait, la beauté de ses chansons. Augustus, lui, préférait Woodstock, Jimi Hendrix. « C'est vieux, maintenant, tout ça! Tu sais, *Napoleon*, j'avais les cheveux longs, un bandeau. Les gens, en ville, ils en croyaient pas leurs yeux... Jamais vu un aborigène avec une allure pareille! Sûr, j'passais pas inaperçu! » Le seul hippie de sa génération capable de chasser à mains nues, pétard au bec, les crocodiles sauvages au milieu des mangroves. Empoignant sa torche, il a traversé la cour vers sa chambre, dans l'autre bâtiment, pour en rapporter une minichaîne et des vinyles. Sortant un disque de sa pochette, avec la délicatesse réservée aux objets précieux, il a soufflé dessus pour le dépoussiérer. On était loin du didgeridoo : les Beatles. Augustus fixait le haut-parleur avec une folle intensité, comme s'il assistait en direct à un concert du groupe, tout en fredonnant des bribes de morceau, les yeux brillants de joie. Dylan écoutait religieusement, se redressant quand il croyait connaître un refrain ou un riff de guitare. Isaac, assoupi sur sa chaise, s'est réveillé sur *Let it be*. Effaré, il est parti se coucher. Augustus est devenu grave. « *The long and winding road...* Ma femme, dans l'temps, elle la chantait pour moi... » Il a soulevé le saphir pour passer à la plage suivante. « Écoute, c'est moi dans la chanson ! *He's a real nowhere man, sitting in his nowhere land...* » Isaac est sorti de la chambre, râleur.

« Putain, les gars, arrêtez vot'boucan ! Couper du bois à une heure pareille...

— De quoi tu parles ? j'ai répondu. Tu vois bien qu'on n'a pas bougé.

— J'suis pas fou, hein... Y a quelqu'un, là, dehors. »

Dylan le fixait en silence. Augustus regardait ailleurs, bredouillant de temps à autre les couplets d'une chanson. Enfin, sentant que rien n'allait changer, il a pris la parole. « C'est les Vieux qui m'font du bois... » Isaac et Dylan ont échangé un regard complice. La réponse les satisfaisait. Moi, elle me posait quand même un problème. Je voulais bien accepter n'importe quoi, encore fallait-il qu'on m'explique. Et des vieux qui apparaissent sans crier gare dans un tel bout du monde, pour tailler des bûches en pleine nuit, c'était loin d'aller de soi.

« Quels vieux, Augustus ?

— C'est comme ça, *Napoleon*. Les Vieux, ils veillent sur moi... »

Il a baissé les yeux, pudique.

« Tu vois, *Napoleon*, quand j'rentre tard le soir, la lumière est allumée... Le matin, sur la table, y a un outil perdu la veille... Les Vieux prennent soin de moi, par gentillesse, pour que j'sois bien.

— Ouais, *Yagoo,* a approuvé Dylan. Les Vieux, hein, ils font attention à tout ça... Y a une fille, au village, elle a été prise par la marée... Eh, la mer est remontée vite, vite, et elle, elle était coincée... L'eau jusqu'au cou, hein, dans le courant... La fille, elle se dit : "Je meurs..." Et juste là, quand elle avait la tête sous l'eau, une main la rattrape par les cheveux...

— Hé, *Napoleon*. T'as vu les deux corbeaux dans la cour ? Non ? Demain, tu verras... Ils traînent toujours dans les parages. Surtout, *Napoleon*, t'avise pas de les dégommer ! Ces corbeaux-là, c'est pas des oiseaux comme les autres. C'est des ancêtres à moi. Si je me lève pas l'matin, ils cognent à la porte. Partout où j'vais, ils sont là pour me réveiller. Ils me suivent à Kooljaman, à Beagle Bay, jusqu'à Broome ! Pas moyen de faire la grasse mat' !

— Regarde bien, *Yagoo*, les corbeaux dans l'arbre... »

Augustus fumait une autre cigarette. Ses yeux souriaient, à présent. « Tu t'rappelles, *Napoleon*, la pêche au crabe ? Quand j'ai pris la lance, j'me suis senti bizarre. Je me suis retourné, l'oncle de mon père marchait vers moi en rigolant. Ça m'a fait du bien de le voir. C'est lui qui m'a appris à trouver les crabes, tout gosse... » Il n'avait pas l'air triste, ni nostalgique, il n'évoquait pas le passé, les Vieux appartenaient à la réalité de son quotidien, sans l'ombre d'un doute. Ils apportaient la paix, veillaient sur leurs proches. Augustus n'essayait pas de me convaincre. C'était son monde. « Parfois, les Vieux, ils aiment pas les gens que j'invite. Alors, ils s'arrangent pour les faire dégager. Ça, si tu leur reviens pas... » Roulant de grands yeux dans ma direction, Augustus a éclaté de rire en se frottant le crâne. La lueur vacillante des bougies soulignait l'expression des visages, dans le ronronnement sourd des ventilateurs. Isaac et Dylan parlaient avec précaution, consultant Augustus du regard comme s'ils avaient craint d'en dire trop. Le monde sur lequel l'Ancien venait d'entrouvrir la porte abritait des puissances redoutables, qu'ils évoquaient avec un mélange de respect et d'excitation. Les Vieux, disaient-ils, protégeaient leurs proches des mauvaises rencontres. Augustus a écrasé sa cigarette.

« Un soir, je m'étais endormi dehors, sous la véranda. J'ai entendu un bruit sur le toit, crac. Ça m'a réveillé. J'avais ma carabine en main, j'ai tiré. Pan! Quelque chose est tombé. Tu vois, *Napoleon*, la carabine, je l'avais pas quand j'me suis endormi... Les Vieux ont senti le danger, ils m'ont aidé à me défendre.

— Whaouh, sûr! s'est exclamé Dylan. Pas bon, un bruit comme ça, hein, sur le toit...

— Le matin, dans l'herbe, y avait une chauve-souris morte, toute petite, un trou dans la tête. Le même jour, à Looma, ils ont retrouvé un cadavre au milieu des buissons. Looma, c'est loin dans les terres. Mais ce gars, moi, je l'connaissais. On s'était embrouillés, dans l'temps... Je l'aimais pas, un type méchant. Quand ils l'ont retrouvé, la première chose qu'ils ont vue, c'est un trou au milieu du front. Rien qu'une balle, pile entre les deux yeux. »

Seul dans ma chambre, je roulais sur le lit sans trouver le sommeil. Un rire énorme, satanique, a éclaté derrière la porte. D'un bond, je me suis levé. Bon sang, qu'est-ce que c'était ? Un second rire a retenti. Un oiseau. En pleine nuit ? Je me suis raccroché à cette certitude et je me suis endormi, bercé par le ronflement du ventilateur. Une heure plus tard, peut-être deux, j'ai failli tomber de mon lit. Un cri abominable, suraigu, interminable, déchirait le silence de la véranda. Je ne cherchais même pas à savoir. Tout ce que je voulais, c'était que ça cesse. Mais le cri reprenait de plus belle, hurlement de douleur. La nuque hérissée, j'avais la chair de poule. Comme j'allumais la lampe, le cri a disparu. Je me suis levé tard. Sur la plus haute branche de l'eucalyptus se tenaient deux corbeaux, serrés l'un contre l'autre en vieux notables satisfaits, le bec posé sur leur jabot proéminent. Augustus chantonnait sous la douche. Les garçons étaient attablés dans la salle.

« Vous avez entendu, cette nuit ?

— Entendu quoi ? s'est étonné Isaac.

— Ben, le cri.

— Ça devait être une grenouille, a marmonné Dylan. Elles crient comme ça, *Yagoo*, quand elles ont peur... S'est fait choper par un python, un gros. Pas d'chance, si c'est ça, elle a mis du temps à crever. »

À Wreck Point, c'était jour de conseil, et de paie. Les garçons frémissaient d'impatience à l'arrière du Land Rover. Quand Augustus a mis le contact, un cliquetis sinistre a refroidi leur enthousiasme. Batterie à plat. Enfoncé dans le sable, l'engin pesait au moins deux tonnes. Poussant comme des malades, nous l'avons mis en branle, tant bien que mal. Augustus a embrayé, nous clouant au pare-chocs. Pas assez d'élan, tout à recommencer. « Poussez, les gars ! » Je me suis arc-bouté, la tête entre mes bras tendus. Rien n'a bougé. Je me suis redressé, surpris. Les garçons papotaient à l'ombre de l'eucalyptus. Bougon, Augustus est allé chercher la batterie du générateur, qu'il a glissée sous le capot d'un vieux châssis rouillé, aux trois quarts dépouillé de sa carrosserie. Une fourgonnette Volkswagen ornée de fleurs psychédéliques. Rallier Wreck Point à bord de cette épave ? Augustus a enfoncé dans un cylindre un chiffon imbibé d'essence. À son signal, j'ai actionné sans trop y croire la clé de contact. Sourd aux plaintes du démarreur, Augustus a abattu son poing sur le carburateur. Contre toute attente, le moteur s'est ébroué, hoquetant, dans un nuage de fumée noire. Augustus a enclenché de force la marche arrière, pour venir se ranger devant le Land Rover. Isaac a pris les commandes, Dylan arrimait une corde à l'imposant pare-buffles. Crachant toute la crasse de ses vieux poumons, dans un déluge d'huile de vidange, le tracteur improvisé a pris de la vitesse. Isaac a embrayé d'un coup. Bloquées net, les roues du tout-terrain ont creusé dans le sable de profonds sillons, jusqu'à ce que la pauvre fourgonnette, éreintée, capitule. Le manège s'est répété une bonne quinzaine de fois. Tournant et retournant autour des bâtiments, le van plafonnait à fond de première, le seul rapport valide avec la marche arrière. Un épais brouillard de poussière et de suie flottait au-dessus de la cour. Impitoyable, Augustus a poussé le moteur dans ses ultimes retranchements, le Land Rover a démarré. Abandonnant le fourgon hippie au milieu de la cour, nous avons filé vers Wreck Point.

Le voyant de la jauge d'essence était dans le rouge, Augustus s'en moquait. « T'inquiète, *Napoleon*, on fera le coup d'la fuite... C'est un cousin à moi qui l'a inventé. On revenait de Perth, on avait plus d'fric pour l'essence. Tout bu en bières. Alors, mon cousin fait : "Hé, John Augustus, y a qu'à tenter le coup d'la fuite." Un malin, celui-là... On a roulé aussi loin qu'on a pu. Quand on est tombé en panne sèche, mon cousin, il est descendu avec une bouteille d'eau. Pourtant, l'eau, c'était pas son genre! Y avait une caisse qui approchait, alors il a vidé la bouteille sous le réservoir. Il a fait signe au type de s'arrêter et lui a montré la tache dans la poussière. "Putain d'fuite, on est à sec, qu'il a fait. Pourriez nous dépanner?» Le gars a bien voulu, on a siphonné l'réservoir. On est revenu ici sans acheter une goutte d'essence, ça marche à tous les coups... Comme dirait mon cousin, on a traversé l'Australie rien qu'avec de la flotte! Ça, c'est d'l'écologie, hein, *Napoleon*! » Dans les profondeurs du sous-bois, un arbre me dévisageait. Deux grands yeux ronds, une bouche hilare. Pointant du doigt l'apparition, je me suis tourné vers Dylan. Il a hoché la tête : « Hé, *Yagoo*, qu'est-ce qui t'prend ? » Au carrefour de Wreck Point, le semi-remorque avait disparu de la piste asséchée. Le choc. Brusquement, le temps était réapparu, précis, indiscutable. Sans que rien dans l'uniforme succession des jours passés chez Augustus ne me l'ait fait sentir, nous avions basculé dans une autre saison. Peu avant Wreck Point, Dylan s'est penché vers moi. « Ici, *Yagoo*, c'est *Law ground*, site sacré... Isaac et moi, on a passé l'épreuve... N'y va pas, *Yagoo*, dangereux pour toi... Mauvaises rencontres, hein... »

Les rues de la communauté étaient étrangement vides. Ambiance de cataclysme, un lendemain de coup d'État. Mais des gens de tous âges avaient pris d'assaut l'appentis, devant les bureaux. À tour de rôle, ils se présentaient à la fenêtre grillagée tenant lieu de guichet. Le conseil était ouvert à tous, mais Isaac et Dylan n'y assisteraient pas. Ils venaient toucher l'indemnité du gouvernement. Je me suis assis par terre, contre le mur. Sur le banc d'à côté, un vieillard grommelait entre ses mâchoires édentées. « Va jamais finir, c'foutu conseil? » Courbé sur sa canne, il traînait sa patte folle jusque sous la fenêtre. « Ça vient c't argent? » pestait-il, donnant de petits coups sur le grillage. « Après le conseil, grand-père », a répondu une voix, à l'intérieur. Le vieux est allé se rasseoir. Je lui ai adressé un sourire, il a détourné le regard, excédé. Enfin, la fenêtre s'est ouverte. Le conseil s'achevait. Un par un, mes compagnons se sont levés, déchirant l'enveloppe, fébriles, pour compter les billets. Grace et Bonnie ont poussé la porte, flanquées de l'immense Radu.

« Mais c'est *Napoleon*! s'est exclamée Bonnie.

— Hein? a ronchonné Grace.

— *NA-PO-LÉ-ON*! a hurlé Radu.

— Ça va pas de crier comme ça! J'suis pas sourde, ni aveugle! »

Résigné, Radu m'a broyé la main. « Ça t'dirait, de venir pêcher avec nous? » Il avait emprunté un canot à moteur, pour traquer un lamantin repéré quelques jours plus tôt dans une anse isolée. « Grace va t'emmener au bateau. Faut qu'je trouve de l'essence. » Grace faisait une moue interrogatrice. « Emmène-le au bateau! » Elle a collé les mains sur ses oreilles, outrée, dans une volte-face de tragédienne. Quand Radu s'est penché pour lui caresser les cheveux, elle était déjà loin. « Quelle femme... », il a soupiré, tandis que je me lançais à la poursuite de Grace, le long d'une allée sombre aux baraques vétustes. Dans la pénombre des salles où s'empilaient matelas crasseux, meubles en ruine et débris d'objets, des visages hagards nous regardaient passer. Au bout de l'allée, un sentier broussailleux plongeait vers les mangroves. La marée léchait les racines, à l'orée du massif. Sur l'étroite plage gisaient des fragments de carapaces sanguinolents, fraîchement découpés, et les restes d'un feu fumaient encore non loin de là. Un festin de tortue. Amarré à un tronc, notre canot était échoué dans la vase, sur un étroit canal, entre deux bosquets de palétuviers. Un bruit sec m'a fait sursauter. Grace sentait mon alarme.

« T'as entendu un truc, *Napoleon*?
— C'est rien...
— Viens, on s'en va. »

Nous sommes tombés sur Radu au sortir des mangroves. Derrière lui, aux trois quarts dissimulé par la carrure du géant, se tenait un jeune homme longiligne, qui portait un maillot de hockeyeur jaune vif, bien trop large pour lui, et, noué avec délicatesse autour du cou, un foulard rose. « Eddy, le meilleur harponneur de Wreck Point! » a proclamé Radu. Puis, remarquant le trouble de sa femme : « Pourquoi vous partez? Un PROBLÈME? » Grace a hoché la tête en direction des mangroves.

« Des bruits...
— QUEL GENRE DE BRUIT?
— Hurle pas comme ça! C'est *Napoleon*, il a entendu quelque chose. »

Comme je confirmais, il a fait la grimace.

« C'est pas bon, ça, *Napoleon*. Pays d'hommes,

ici! Ça fout les jetons, c'est moi qui t'le dis... Cinq ans que j'suis là, je m'y ferai jamais! Il s'passe des choses, vaut mieux pas en parler. Moi, j'suis d'la ville. De drôle de choses, tu peux m'croire... Des bruits de respiration, comme si on t'poursuivait. Terrifiant, c'pays, terrifiant... J'm'y ferai jamais. »

— Des bruits de respiration?

— Oh, t'inquiète! Tant qu't'es avec Augustus, il t'arrivera rien. »

Pas moyen d'arracher le canot à la vase. Refusant de patienter dans ces parages inhospitaliers, Radu alignait des branches sous l'étrave. « Faut l'faire rouler. » Eddy riait de tant d'efforts. « Eh, attends la marée... En plus, Gloria est pas là, elle a dit qu'elle viendrait. » Dans un accès de furie, Radu a soulevé la coque à bras-le-corps. Une vraie brute. Il a fait glisser l'embarcation, en équilibre instable sur les rondins improvisés, jusqu'à la mer. Empoignant une rame, il s'en est servi comme d'une perche pour nous propulser vers le large. La belle Gloria traversait les mangroves de son pas aérien. Sautant à bord au tout dernier moment, elle a saisi ma main tendue. Quand il a voulu démarrer, Radu s'est aperçu que le réservoir était sur la plage. « Qu'est-ce que t'es con... » lui a asséné Grace, tandis qu'il se mettait à l'eau. Eddy a posé sa lance contre le bastingage. Il a sorti de sa poche une flèche d'acier aux branches acérées, tranchantes comme des rasoirs. Son corps évidé, parfaitement ajusté à l'embout de la lance, était relié à un fin cordon métallique. Eddy l'a noué à une corde, lovée autour du manche en boucles régulières. « Tu vois, *Napoleon*, quand tu harponnes le lamantin, la flèche reste dans la chair. Faut frapper fort, attention ! Après, il peut s'débattre tant qu'il voudra, la flèche, elle ne bouge plus ! Tu laisses filer la corde et, hop, la lance tombe. Le bois, ça flotte. Après, tu laisses la bête se fatiguer toute seule. En plus, t'es pas gêné par le manche. Sinon, quand tu sautes sur le lamantin, ça peut t'assommer, une lance lourde comme ça ! Si t'arrives pas à le choper, tu coupes la corde, tu perds que la flèche. Une bonne lance, ça s'paume pas. »

Pataugeant avec son bidon, Radu a eu bien de la peine à hisser sa carcasse. Au premier coup de cordon rageur, le moteur a pétaradé. Eddy dirigeait la manœuvre, debout sur la plate-forme de proue. De petits signes nerveux donnaient la direction à suivre. L'eau, d'une limpidité intacte, laissait voir le fond, tapissé de mousses bigarrées, de massifs d'algues où virevoltaient les bancs de poissons. Trop tôt pour sortir de la baie, des récifs se dressaient en travers de la passe, le courant de marée nous était contraire. Eddy a désigné des mangroves à moitié noyées : « Y a qu'à pêcher en attendant. » En chemin, il a fait un signe à Radu. Ralentir. Pouces joints, ses mains imitaient le battement des nageoires. « Tortue », a soufflé Gloria, lèvres plaquées à mon oreille. Aussitôt, Radu a viré sur bâbord. La surface des eaux était agitée de remous et de vagues, repérer le sillage d'une tortue dans un tel désordre aquatique tenait du prodige. Eddy a levé son arme, à l'affût. Soudain, il s'est détendu. La lance a frappé l'eau près du bateau. « Merde ! » a crié Radu, accélérant pour suivre la tortue qui fuyait en zigzag. « Laisse tomber, Radu. » Eddy a sauté de sa plate-forme. « Trop petite. »

Radu a coupé le moteur à l'approche des mangroves. Poursuivant sur son erre, le canot est venu s'immobiliser à quelques encablures des palétuviers. Les troncs immergés déployaient des milliers de branches aux formes torturées. Leurs reflets enchevêtrés, le jeu des ombres mouvantes formaient des images fascinantes. Gloria a mouillé l'ancre, qui a crocheté les racines par trois mètres de fond. Une multitude de curieux lui tournaient autour, en quête du comestible. « On dirait que t'as chaud, *Napoleon*, rigolait Grace. Pique une tête avant qu'on jette les lignes. » À vingt mètres à peine, sous l'ombre des mangroves, on ne distinguait rien. Partageant mon malaise, Radu a interpellé Grace.

« Tu crois qu'ça va, ici ?

— Hein ?

— Je dis : c'est pas DAN-GE-REUX ici ?

— Arrête de crier ! Tu veux qu'le poisson s'barre, ou quoi ? T'occupe, *Napoleon*. Vas-y. »

La chaleur moite, irrespirable, a achevé de me convaincre. Je me suis déshabillé. « Reste pas trop longtemps », a nuancé Gloria. Sous l'œil amusé des trois autres, j'ai fini par sauter. L'espace d'un instant, je me suis délecté de la fraîcheur de l'eau, et je suis remonté aussi vite que j'avais plongé. Désireux de me joindre à la fête, j'ai attrapé une ligne. Mon hameçon s'est fiché dans un amas de racines. « Laisse faire le poiscaille », m'a conseillé Eddy. Mordant à l'appât, un mulet a dégagé l'hameçon. Inexplicablement, quand j'ai remonté la ligne, le poisson avait disparu. J'ai recommencé. Dans un espace aussi réduit, l'exercice s'avérait périlleux pour mes partenaires. Mon hameçon a éraflé la robe de Gloria. Son regard courroucé a sonné le glas de mes velléités.

La passe était mauvaise. Des remous écumeux signalaient la présence d'écueils à fleur d'eau. Mieux valait être vigilant pour ne pas emboutir l'hélice. Passé un petit cap, nous avons gagné les eaux libres. Une myriade d'îlots s'éparpillait à la surface de l'océan. Radu a viré sur tribord, pointant l'étrave sur une crique. Apercevant une tortue à bâbord, Eddy a levé le bras. « Le lamantin ! » a rugi Radu, maintenant le cap. Protégée du vent, la crique donnait sur une plage de sable blanc. Une mer d'huile, propice à la chasse. Radu a éteint le moteur. « Le lamantin, *Napoleon*, il ne voit pas grand-chose, mais il entend tout », m'a murmuré Gloria. « Il est là-bas », a coupé Eddy. Trébuchant sur la lance, je me suis effondré dans un vacarme épouvantable, manquant faire chavirer le bateau. Trois paires d'yeux accusateurs se sont abattus sur moi, Gloria est partie d'un beau rire. À l'autre bout de la crique, le lamantin traçait un V parfait à la surface des flots. Le langage des signes reprenait ses droits, la chasse était lancée. Eddy a pris position sur la plate-forme, harpon en main, et Radu a sorti les rames. Léger clapotis sur les flancs du canot. Paissant parmi les algues, le lamantin caressait l'eau de sa queue nonchalante. Les mouvements des fines nageoires, la silhouette de sa tête avaient quelque chose d'humain. Radu abordait le lamantin par la gauche, plaçant Eddy dans la position idéale pour le harponner. L'animal n'était plus qu'à cinq mètres, Eddy a jeté le bras en arrière, déterminé. Sentant le danger, le lamantin s'est écarté d'un brusque coup de queue. Eddy est descendu de son perchoir. Les choses se compliquaient. « Et merde ! » a pesté Radu, démarrant le moteur. Déjà, le lamantin quittait la crique, et nous derrière. Filant bon train, nous avons remonté la côte jusqu'à un promontoire rocheux. « Je l'ai perdu », a soupiré Eddy. Le lamantin venait de plonger. « Putain, c'est pas vrai ! » s'est emporté Radu. Un imposant récif dressait sa masse sereine au-dessus de l'océan. Gloria admirait, béate, le bloc de marbre rose irrigué de veines sombres, criblé de mille cristaux. « C'est beau, hein, *Napoleon* ? Mon coin préféré pour la pêche.

Mon secret. » Elle a su persuader Radu de nous laisser sur le récif. « Vous serez bien assez de trois, pour la chasse. » Elle m'a pris par la main et nous sommes descendus.

Les mouettes acariâtres, dérangées dans leur sieste, ont protesté en s'envolant. Un tas de bois sec nous attendait au fond d'une anfractuosité. Le bateau a pris le large. Bruit régulier du ressac, pierre tiédie au soleil. Ce lieu, c'était l'île idéale des livres de l'enfance, la secrète plénitude de nos mondes intérieurs. Je me serais volontiers endormi, mais Gloria avait d'autres projets. Au pied du récif, les bancs de poissons ondoyaient entre les roches sous-marines. « T'as plus qu'à choisir, plaisantait Gloria. Un rouge, un jaune ? » Des centaines de poissons s'agglutinaient sur mon appât. Tout à leur distraction, ils se gobaient les uns les autres. Quelque chose gigotait à l'autre bout de la ligne, invisible dans la mêlée des prédateurs opportunistes venus pour la curée. Ballottée de droite et de gauche, la ligne se tendait au gré de leurs attaques. J'ai ferré, l'hameçon s'est coincé sous une roche, ma grande spécialité. J'ai attendu, l'air détaché. Gloria enchaînait les prises les plus extravagantes. Ma ligne ne se décrochait pas, il fallait prendre les choses en main. Deux mètres de fond, pas plus. Abandonnant mon poste, je me suis glissé dans une faille au cœur de la paroi. « T'es fou, ou quoi, *Napoleon*? » Elle a coupé ma ligne. « On est au large, ici. Requins-tigres! » Elle a éclaté de rire. « On prend le thé? » Plongeant la main dans le tas de bois, elle en a retiré une touffe d'herbes sèches, un briquet. Une tortue traversait la baie. Les oiseaux marins, apprivoisés, revenaient se poser sur le récif. Parfait, tout était parfait. Gloria buvait son thé à petites gorgées, yeux mi-clos. Elle n'a pas entendu le bruit du moteur. Les chasseurs accostaient, elle a posé sa tasse. Assis sur la plate-forme, Eddy fumait une cigarette, épaules voûtées, soucieux d'éviter le sombre regard de Radu. Pas trace du lamantin. Gloria n'a pu retenir un gloussement moqueur.

« Vous l'avez mangé?

— Allez, on s'casse! a aboyé Radu.

— Hé, du calme. Je prends le thé avec *Napoleon*. »

Eddy et Grace nous ont rejoints. Seul à bord, Radu essorait discrètement ses habits détrempés. Je jugeais risqué de poser des questions. Gloria s'en est chargée. « Alors, on t'envoie chasser, et toi, tu te baignes? » À peine avions-nous embarqué que Radu a démarré en trombe. Défiant les récifs, il a franchi la passe à pleine vitesse. La côte était en vue quand nous sommes tombés en panne sèche. « Ça, c'est malin! s'est emportée Grace. Tu pouvais pas réfléchir au lieu d'courser ce lamantin! T'es même pas foutu d'l'attraper! » Installé au banc de nage, Radu martelait l'eau à coups de pagaie. Devant la maison de Bonnie, des vieux s'étaient rassemblés à l'ombre d'un baobab. Ils jouaient aux dés sur une couverture sale, à même le sol. Leurs billets entassés passaient de main en main. Mon vieil édenté attendait son tour avec exaltation, lampant au goulot un whisky frelaté. Il n'avait plus grand-chose à parier. Un peu à l'écart, vautré contre un arbre, Isaac tirait sur une pipe à eau d'où s'élevait une épaisse fumée blanche. Ça sentait l'herbe à des kilomètres. Avec la paie avaient rappliqué les fournisseurs. Dylan riait aux anges, complètement cassé. Eddy nous a quittés pour les rejoindre. Bonnie avait fait le ménage chez elle. La tente d'un général, au beau milieu d'une armée en déroute. Assise à l'intérieur, elle buvait un thé devant la télévision. Elle a jeté un œil dans notre panier. « Eh ben, *Napo-*

leon, t'as oublié mon lamantin ? » Radu s'est esquivé, furieux de ses sarcasmes, tandis qu'elle me servait une tasse de thé noir. Gloria s'est assise à côté de moi mais, d'un regard, Bonnie lui a fait signe de s'en aller. « Tu connais ton mari, non ? » J'ai voulu me lever. « Bouge pas, *Napoleon*. Affaire de famille. T'y peux rien. »

Troublé, j'ai parlé à Bonnie du récif de marbre. Un morveux vêtu de haillons est entré en courant. Sans rien demander, il a ouvert le réfrigérateur, qui débordait de provisions achetées le jour même. Bonnie a attrapé le gamin par le bras, l'a posé de force sur ses genoux. « Toi, va dire à grand-mère qu'avec son fric, elle ferait mieux de t'acheter à bouffer ! » Elle a posé sur la table deux assiettes remplies de quartiers noirs et blancs, non identifiables. Le gosse s'est jeté dessus. « Goûte, *Napoleon*. » Le cube était chaud dans la paume de ma main. Au toucher, sa texture visqueuse, élastique, n'inspirait pas confiance. Rassasié, le gosse s'est fait la malle sans dire merci. Bonnie s'est assise, soupirant. « Des îles, *Napoleon*, y en a des milliers. Tu les as vues, non ? Avant, mes ancêtres, ils allaient d'une île à l'autre pour chasser et pêcher. Ils connaissaient les courants, ils se laissaient porter sur un morceau d'écorce. Nous sommes le peuple de la mer, *Napoleon*! » Absorbé par ses histoires, j'avais sans y prendre garde fourré le cube noirâtre dans ma bouche. À présent, je réalisais : j'étais en train de mâcher un caoutchouc récalcitrant, saveur de poisson avarié.

« Qu'est-ce que c'est que ce truc ?

— C'est bon, hein ? Carapace de tortue grillée. »

J'ai avalé d'un coup. Pour faire bonne contenance, je me suis servi dans l'autre assiette. Une chair blanche, souple et ferme, nauséabonde. Un goût abominable m'a envahi la bouche. Je me suis précipité dans la cuisine, j'ai craché le morceau par la fenêtre ouverte. « Oh là, *Napoleon*, qu'est-ce qui t'arrive ? La tripe de lamantin, c'est ce qu'il y a d'meilleur ! » Le thé n'a pas suffi à faire disparaître le goût. « Tu sais, *Napoleon*, les Bardis sont pas de la côte. Ils vivaient dans les îles. Ma famille, elle est de Sunday Island. Belle île, Sunday Island. Y a de tout, maintenant. Hôtels, croisières et compagnie... La terre de mes ancêtres. » Dehors, des enfants passaient en piaillant, livrés à eux-mêmes. Elle s'est penchée pour regarder. Son silence me rendait anxieux. « Les Blancs, ils ont fait dégager tout l'monde... Ils voulaient plus les voir sur l'île. Un bel endroit comme ça, tu parles, ils l'ont gardé pour eux tout seuls. Toujours la même histoire, hein, *Napoleon*! Un jour, ils ont rassemblé tout le monde. Ils ont dit qu'il fallait partir. "Un cyclone va venir, qu'ils ont fait. L'île disparaîtra sous la mer." Ils les ont mis dans des bateaux, à part les vieux, pas moyen de les faire partir. Tout ça, *Napoleon*, c'était que des bobards... Les miens ont atterri à Lombadina, y avait des aborigènes de toute la région... Ils ont pris les enfants, les ont placés dans leur pension. Pour les éduquer, ils disaient. Les parents, c'était trop d'tristesse, personne a eu le cœur de retourner sur l'île... » Bonnie parlait sans animosité. Mais il fallait qu'on sache. Elle a eu un sourire gêné, éclair de bienveillance. « Si tu veux, *Napoleon*, on fera un pique-nique sur Sunday Island. J'en causerai à Augustus. Tu verras comme c'est beau. » Je suis sorti sur la terrasse. Dylan et les autres jouaient aux cartes, les yeux dans le vague, riant à tout propos. Son tour passé, chacun se levait pour aller tirer sur la pipe à eau. Au pied de l'arbre, les vieux misaient leurs derniers dollars, abrutis par l'alcool. Les enfants gambadaient d'un groupe à l'autre, simulant des combats à main nue, couchés dans la poussière. Plus loin, de jeunes adolescents s'essayaient au basket sur un terrain en terre battue, chaînes rouillées en guise de filets. Augustus m'attendait. Il a écrasé sa cigarette d'un geste précis, puissant. « Hé, *Napoleon*, te voilà ! » Prenant congé de Bonnie, il a interpellé les garçons : « Vous venez, ou quoi ? » Dylan s'est extirpé de sa chaise, embarrassé. Il tenait à peine sur ses jambes. Alors il s'est rassis, et nous a oubliés.

Augustus a démarré sans faire le moindre commentaire. Sur la piste, il retrouvait sa jovialité coutumière. Seul avec moi, débarrassé de son statut d'Ancien, il parlait enfin sans retenue. On devinait son plaisir de rentrer chez lui, loin de la communauté, de son conseil, de sa misère. Nous évoquions la pêche, le récif. « Perdre un lamantin dans une baie, c'est pas évident... Devait s'planquer sous leur bateau, hein, *Napoleon* ! » Et de partir d'un grand éclat de rire, clope au coin des lèvres. Mon regard s'est posé sur l'arbre. Le même que ce matin qui, décidément, me souriait. « Eh, *Napoleon* ! T'as la berlue ou quoi ? Trop d'ganja, hein, des yeux sur les arbres ! C'est Eddy qu'a taillé l'écorce. » Sur la table nous attendait un bloc de viande sanguinolent, enveloppé d'un drap blanc. « Regarde-moi ça! L'idiot du village, la terreur des taureaux... Fine gâchette, hein, *Napoleon*! » Armé d'un couteau de boucher, il a tranché deux larges steaks. À la fin du repas, Augustus a préparé le thé. Repu, vaguement somnolent, il fumait en chantonnant, comme il l'aurait fait sans doute si je n'avais pas été là. Soudain, il s'est figé, a posé les mains sur la table. « Hé, *Napoleon*. Tu t'souviens de l'endroit où on pêchait avec Bonnie, quand Gary était là, et ceux d'Fitzroy? T'as remarqué le gros rocher, au fond de la baie? Derrière, y a une crique profonde. Elle remonte loin dans les terres. Des mangroves épaisses, tellement qu'il fait noir. De quoi t'ficher la frousse, hein, *Napoleon*! Dans les marais, y a un vieux croc'. Si vieux qu'il a plus une dent! Il est fatigué, c'est pour ça qu'il vit là, au fond d'la crique, dans les trous d'eau, protégé du soleil. Bouge pas d'là, trop vieux. Personne le voit jamais. C'est un rusé, tu sais, il rassemble ses forces, il attend qu'une proie vienne. Et alors, bam, il lui tombe dessus, et il la brise en deux. Il est énorme, tu vois, huit mètres à mon avis, large comme un bateau. Après, il retourne se planquer, le temps de digérer. Toi, *Napoleon*, sûr qu'il te louperait pas. Il verrait que t'es pas d'ici, que t'es perdu. » Il souriait tristement en tapotant sa tasse. « Il est vieux, ce croc'. Je pense souvent à lui ces jours-ci, on se connaît depuis tout gosse. Je m'souviens, avec la famille, on passait des semaines dans la baie... On construisait des abris d'écorce, on faisait du feu sur la plage. Un jour, le croc' est arrivé... Tout jeune, bien moins gros que maintenant! Il s'est plu là, alors il revenait chaque année. C'était son territoire. Si un autre croc' se pointait, oh là, il passait un drôle de quart d'heure! On savait qu'c'était lui. Chaque fois, il revenait plus costaud. Un crocodile puissant, un tueur. Maintenant, *Napoleon*, c'est un drôle de vieux croc' ! C'est comme moi, j'ai pris du gras, j'suis fatigué. On est frères, lui et moi, on vieillit en même temps. J'crois bien qu'on partira ensemble, quand ce monde-là voudra plus d'nous...

— Tu m'emmèneras?

— Tu sais, *Napoleon*, le vieux, il est comme moi. Il aime pas qu'on l'dérange. C'est chez lui, là-bas. Y a aucune raison d'y aller. »

La nuit tombait à peine. Les épaules agitées d'un rire silencieux, il a avalé une grande gorgée de thé brûlant, une longue bouffée de cigarette, puis il s'est levé lentement. « Demain, je serai pas là. »

Le bruit du moteur m'a réveillé à l'aube. Dehors, les oiseaux sifflaient à tue-tête. J'ai cherché des yeux les deux corbeaux, sans succès. Augustus avait mis à sécher ses frusques quotidiennes. Un jour spécial. Posé sur le réchaud, le thé matinal fumait encore. Les herbes, les arbres me semblaient ce matin plus lourds de menaces. Toute la journée, je me suis terré dans la grange. Une appréhension sourde, indéfinie, me tenait prisonnier de ces lieux habités. Moi qui avais toujours aimé la solitude, la recherchant même, je la vivais tout à coup comme une injustice. J'ai attendu la nuit sans bouger. Le silence s'installant, je devenais plus attentif aux bruits du dehors. Je croyais pourtant avoir appris à les maîtriser. Crissements de branches sur les tôles du toit, frôlement d'herbes sèches, assauts furtifs des geckos chassant sur le plafond. Enfin, n'y tenant plus, j'ai empoigné la torche et me suis rué vers ma chambre.

Au réveil, j'étais furieux. À quoi bon se planquer ainsi ? Ma peur n'était qu'imagination. En restant prudent, on pouvait aller n'importe où.

Dans un sac, j'ai glissé une gourde, un couteau. J'ai choisi la plus courte des lances. J'allais marcher jusqu'à la plage dont avait parlé Augustus. Je connaissais le chemin. Cette histoire de crocodile me trottait dans la tête. Bientôt, j'ai perdu de vue les toits. Les arbres se sont refermés derrière moi. Les oiseaux se taisaient sur mon passage. Mon niveau d'attention a monté d'un cran. Mes yeux balayaient l'espace, s'attardaient sur chaque taillis, chaque pierre. Pourtant, je n'ai vu le serpent qu'une fois le pied dessus. Il n'a pas réagi, il était mort. Un serpent jaune, tête ovale, avec de petits yeux sinistres. Jambes flageolantes, je l'ai écarté du bout de la lance. Difficile de ne pas y voir un présage, une injonction. Quelle impression de puissance dégageait cette nature-là! Aux côtés d'Augustus, elle inspirait le respect. Seul, de la crainte. Des arbres et des ombres. Le sol devenait humide à l'approche des marécages. Je progressais à pas feutrés. J'ai reconnu le gué. Nous l'avions passé en voiture, l'eau ne devait pas être si profonde. Tout dépendait de la marée, qui réglait ici le cours des rivières, le déplacement des crocodiles. J'avais de l'eau jusqu'aux hanches. Retrouver l'équilibre, évaluer la force du courant. En deux coups de reins, j'ai atteint l'autre rive, glissante. Je me suis écroulé sur la première dune, face à la mer, provoquant aussitôt la fuite d'un animal, dans un grand bruit de cavalcade. J'ai bondi sur mes pieds, juste à temps pour apercevoir l'iguane rabougri qui prenait ses jambes à son cou. Cet environnement me tapait sur les nerfs. Je me suis promené sur la plage, à distance prudente de l'océan. Je n'avais pas pris le chien du voisin. En l'absence d'Augustus et des siens, la plage avait perdu son âme. Du sable, rien que du sable. J'ai aperçu les roches abruptes qui venaient clore la baie. Mais je m'en tiendrais là. Aucune raison d'y aller, avait dit Augustus.

Le retour a duré une éternité. À l'ombre des arbres, les moustiques chargeaient sans relâche. Agacé, épuisé, j'ai soupiré de soulagement à la vue de la grange. Perchés au-dessus du *Titanic*, les deux corbeaux m'ont accueilli à l'unisson d'un croassement rugueux. Augustus ne devait plus être loin. Les signes étaient trompeurs. Quand le moteur s'est enfin fait entendre, la nuit était bien avancée. Je buvais ma quinzième tasse de thé en ravalant mon inquiétude. Dans un grincement de courroies lâches, le Land Rover s'est rangé au pied du bâtiment. Quand

Augustus est apparu en pleine lumière, je n'en suis pas revenu. Impeccable dans une chemisette à carreaux, un bermuda à pinces, il avait rajeuni de vingt ans. Mine radieuse, le regard rêveur. « Comment s'est passée ta journée, *Napoleon* ? » J'ai répondu qu'il y avait certainement plus à dire sur la sienne. Il toussotait, embarrassé, et gardait le silence, le temps de rouler sa cigarette et de la savourer en buvant un thé. Il chantonnait en me jetant de rapides coups d'œil, avant de partir d'un petit rire gêné. J'étais pendu à ses lèvres, et il s'en délectait. Les mots lui brûlaient la langue. « C'est mon amie, *Napoleon*, elle vient à Cape Lazarus, parfois, pour les vacances. Elle appelle chez Bonnie, que je sache qu'elle est là... Elle dit que je suis le meilleur cuisinier. L'meilleur amant, surtout. T'entends ça, *Napoleon* ? Le meilleur ! Elle m'appelle Fabio... C'est romantique, elle dit, comme les Italiens. Je crois qu'elle est suédoise. Ça m'plaît assez, Fabio... Qu'est-ce que t'en dis, *Napoleon* ? » Se repentant soudain de sa forfanterie, il a baissé les yeux. « Debout, *Napoleon* ! Je t'emmène sur la lune. »

Augustus devinait la piste plus qu'il ne la voyait. Les branches des arbres fouettaient violemment le pare-brise puis glissaient vers l'arrière, égratignant les flancs du véhicule. « On vient pas souvent là, c'est mauvais pour la pêche... » Augustus a coupé le moteur au sommet d'une dune. La lumière des phares désignait un trou sombre comme un précipice. Dans le lointain, on distinguait le murmure du ressac. Saison de grandes marées. J'ai rassemblé du bois sec pour le feu. Augustus a examiné les branches, une par une. « Pas ce bois-là, *Napoleon*. Pour les cérémonies. » Une brise tiède soufflait du large. Une bénédiction, les moustiques avaient disparu.

« À Broome, *Napoleon*, toutes les filles étaient folles de moi! À l'époque, j'étais en forme, je jouais au *footie*. Les femmes, elles me couraient après. Les castagneurs aussi. Tu comprends, on disait que j'étais l'plus fort, alors ils voulaient voir... J'aimais pas me battre, mais ceux qui m'cherchaient, ils me trouvaient. Et ils m'oubliaient pas, sûr! Oh là, *Napoleon*, j'leur faisais la fête! Boum, boum, j'avais une bonne droite, tu peux m'croire. Pas un qu'est resté debout. Ça aussi, les femmes, elles aimaient. Qu'est-ce tu veux, j'étais jeune... Le seul Noir à bosser sur les plates-formes pétrolières. J'travaillais bien, et on m'foutait la paix. Après, j'ai arrêté. Y avait un nouveau, là, un p'tit chef, il voulait faire sa loi. Me causait mal, me bousculait. "Tu fais pas ton boulot", qu'il disait... Tout le monde savait que c'était pas vrai, mais j'ai dû m'en aller. J'voulais pas d'ennuis, tu comprends. Et c'est là qu'on m'a enrôlé...

— T'as fait la guerre, Augustus?

— Ouais, l'Viêt-nam. C'est sûr, moi, ça m'disait rien. Quand ils m'ont désigné pour partir, j'me suis comme qui dirait volatilisé. Disparu, John Marvin, envolé! Ils ont fini par m'arrêter. À Broome, y a qu'des mouchards. Et ils m'ont envoyé là-bas... Éclaireur, j'étais. Tu parles, les Blancs, pas un qu'était foutu de s'repérer dans la forêt! Moi, ça m'connaît... Mais c'était dur, la nuit, tous ces bruits, les mitraillettes, les hélicos... On me respectait pas. J'étais un des seuls Noirs du régiment... On était pas citoyens, nous. Enfin, pas vraiment. Alors ils nous épargnaient rien. Mon seul pote, pour te dire, c'était un Amerloque. Un Noir, comme moi. Lui, l'avait jamais vu un arbre! La trouille qu'il avait! Un gars de Los Angeles, je crois. Je m'souviens plus très bien, ça remonte. On rigolait bien tous les deux, il racontait de chouettes histoires. Quand j'suis rentré, j'allais pas bien. Pas d'boulot, j'passais mon temps au bar, et j'me battais souvent, boum, boum, sur le parking. La guerre, c'est pas bon, tu sais. Ça use... Hé, *Napoleon*, regarde ça ! »

Au large se levait une lune incandescente, énorme. Ses reflets ondulés s'étiraient en lignes rougeâtres sur la vase humide parsemée de flaques, de sillons. Ils se sont séparés, isolés les uns des autres par les irrégularités du terrain. Dans une troublante illusion, on aurait dit un escalier suspendu à l'astre. « Qu'est-ce t'en dis, *Napoleon*? » La lune, hors de portée, s'est détachée de son échelle, pour entreprendre seule l'ascension finale.

Un 4 × 4 gris métallisé était garé dans la cour. Isaac et Dylan se passaient un joint, assis à la table. Un jeune homme se tenait debout dans un coin, dos au mur. Vêtu de noir, il portait une drôle de moustache, taillée à la hâte, et souffrait d'un léger strabisme. Je ne l'avais jamais vu, mais son visage, ses attitudes m'étaient étrangement familiers. Sans rien dire, Augustus s'est assis sur sa chaise, en bout de table. Dylan lui a versé du thé, avec un empressement suspect. Quand Isaac a été pris d'un petit rire nerveux,

Augustus lui a lancé un bref regard qui l'a figé sur place. L'inconnu a tiré une dernière fois sur le pétard, puis s'est éclipsé sans un mot, contournant la table au plus loin d'Augustus. La voiture a démarré, transperçant la nuit du faisceau de ses phares. Les yeux d'Augustus, perdus dans les épaisses volutes de sa cigarette, étaient d'une tristesse infinie. Repoussant sa tasse, il est parti se coucher d'un pas lourd.

Les garçons ricanaient sans raison, marqués par les excès du jour. Dylan a sorti de sa poche une enveloppe d'herbe pour préparer la pipe. Ils inhalaient longuement, machinalement, sans plaisir, à la limite de l'asphyxie. Ils avaient dépassé depuis longtemps les doses recommandées. Isaac, surtout. Regard fané, épaules affaissées, il était incapable de la moindre parole, du plus petit geste. Dylan, lui, montrait des signes évidents de paranoïa. Quand mes yeux se posaient sur lui, il se raidissait, inquiet. Il battait l'air de ses deux mains, dans le but illusoire de chasser les moustiques. Quand le dernier rouleau insecticide a achevé de se consumer, il s'est mis en quête d'une boîte neuve. En vain, stock épuisé. Pris de démence, il arpentait la pièce, retournant les cartons, passant et repassant aux mêmes endroits, courant dans tous les sens, hurlant comme un beau diable. Il a ramassé dans la cour de vieilles noix de coco, en a arraché tous les poils pour les bourrer au fond des coquilles, mêlés à des poignées de feuilles, puis a enflammé sa mixture, libérant une âcre fumée. Un peu de répit. Isaac m'a passé la pipe à eau. Dès la première bouffée, j'ai été pris d'une violente quinte de toux. Cette herbe aurait terrassé un cheval. Fallait être dingue pour en consommer de telles quantités. À quatre pattes sur le plancher, Dylan attisait la combustion des feuilles. La fumée emplissait à présent la pièce, happée puis renvoyée par les pales des ventilateurs. Mes yeux pleuraient, je toussais de plus belle. Tous les moustiques ont fui dehors, et nous avec, chaises à la main. Nous nous sommes emmitouflés dans des couvertures de l'armée, réduisant la surface offerte à l'ennemi. Je buvais mon thé, le nez dans les étoiles, quand j'ai aperçu le crocodile. Il m'avait même semblé voir bouger ses mâchoires.

« Hé, Dylan ! Le crocodile. Il bouge !

— Normal, *Yagoo*. C'est un croc', non ? »

Pris d'un fou rire, Dylan est tombé de sa chaise. « C'était qui, Dylan, le type de tout à l'heure ? » Dylan s'est raidi, mal à l'aise. À voix basse, il m'a glissé : « Le fils d'Augustus, *Yagoo*... Il a plus l'droit d'être là... Il... » Un craquement l'a stoppé net. J'allais me retourner quand Isaac m'a mis en garde.

« Regarde pas. C'est peut-être... Euh... Mauvaise rencontre.

— De quoi tu parles ? Les sorciers ?

— Non, plus puissant encore. Le... »

Il s'est tourné vers Dylan, lui offrant la parole.

« Tu connais pas le *boogie-man*, hein ? Il est plus puissant qu'les sorciers... Les sorciers, *Yagoo*, ils ont des pouvoirs... Sûr qu'ils en ont ! Mais c'est des aborigènes domestiques... Ils vivent dans les communautés, *Yagoo*, ils ont leur maison... Comme nous, des aborigènes domestiques... Mais le *boogie-man*, ouh ! Un aborigène sauvage ! S'en fout des maisons... S'en fout des hommes... Il vit tout seul, hein, dans l'désert... Ouais, le *boogie-man*, à la dure... Il connaît des secrets, *Yagoo*, personne d'autre les connaît... Il est peut-être là, tout près... Là, comme ça, à te regarder, mais toi tu l'vois jamais... Si tu lui reviens pas, ouh... Il peut te tuer comme ça, clac, tu l'sens même pas...

— Ouais, a renchéri Isaac. Les ancêtres, c'était autre chose.

— Hé, *Yagoo*! Ça t'dit quelque chose, Jandamera? »

Je connaissais le nom. La résistance aborigène en avait fait une sorte de symbole. Il avait commencé par trahir son peuple. Il travaillait pour les fermiers blancs, menait leurs expéditions punitives. Chasseur d'aborigènes. Sa férocité le faisait craindre dans tout le Kimberley. Un jour, il avait reconnu ses parents parmi le lot des prisonniers. Sa mère qui pleurait de terreur. N'y tenant plus, il avait retourné son arme vers ceux qui l'employaient à ces œuvres funestes.

« C'était un *boogie-man*?

— Non, *Yagoo*. Jandamera, c'est un magicien... Comme un sorcier, mais très puissant... Les policiers l'cherchaient partout... Il connaissait les grottes, hein, toutes les vallées... Il passait d'une colline à l'autre, comme ça, pfouit! Envolé... Quand il fallait, *Yagoo*, il descendait les flics... Des dizaines! Les policiers, ils lui tiraient dessus, mais Jandamera était intouchable... Ils canardaient tant qu'ils pouvaient... Pan! Pan! Pas moyen de l'avoir!

— Intouchable! a confirmé Isaac, exalté.

— Tu sais pourquoi, *Yagoo*? Les policiers, ils voulaient le tuer d'un coup... Ils visaient droit au cœur, pan ! C'qu'ils savaient pas, c'est qu'on pouvait pas le toucher au cœur... Jandamera, il déplaçait son cœur, il l'avait caché dans son pied... Des mois, ça a duré comme ça... Mais un jour, quelqu'un a vendu aux Blancs le secret de Jandamera...

— Et alors ?

— Alors ils l'ont tué... Jandamera s'est pas méfié, il savait pas... Et puis, *Yagoo*, tu sais c'qu'ils ont fait ? Ils lui ont coupé la tête, hein... Tellement ils avaient peur de lui. La tête de Jandamera, *Yagoo*... Pour la montrer à leur reine !

— Un traître, c'est toujours comme ça... » a grommelé Isaac en me dévisageant.

Le lendemain matin, Isaac avait disparu. Pas de quoi tourmenter Dylan.

« Isaac ? Il s'est levé, *Yagoo*, il est parti à pied...

— Parti où ?

— Il a rien dit. Wreck Point, peut-être. »

Augustus a passé la journée au lit, souffrant du dos. À travers la porte de sa chambre, on entendait de la musique, le cliquetis irrégulier de son ventilateur mal huilé, et des grognements de douleur quand il se retournait. Dans l'après-midi, Radu a déboulé comme un dingue, dérapant au pied de l'arbre dans un tête-à-queue agressif. Deux gamins, assis sur la banquette à côté de lui, s'amusaient comme des fous. J'ai reconnu le visage malicieux de Tyron. Une fillette au regard rieur a couru embrasser Augustus, sorti les accueillir. « Alors, Radu, livraison d'lamantin ? » Il a éclaté de rire, pas Radu. « J'ai dégoté un filet, on va faire le plein de poisson. » La main en visière, Augustus a scruté le ciel durant de longues secondes. « Hé, *Napoleon*, tu vois c'nuage ? Quand j'le regarde, il me dit des choses, comment est la marée, où il faut pêcher, s'il y a une tempête qui approche... Si tu savais regarder, mon nuage, il te raconterait une histoire. » Il s'est tourné vers Radu.

« Tu devrais les emmener là où y a les grosses huîtres.

— Tu sais, Augustus, un filet, c'est pas pour ramasser les huîtres...

— Tu t'souviens d'la lagune, au fond d'la baie ? Là, c'est bon. »

Comme Radu montait en voiture, Augustus l'a interpellé. « Hé, Radu. Grande marée, hein. Fais gaffe de pas traîner... » J'ai sauté à l'arrière du pick-up. Terré dans la salle, Dylan se faisait oublier. Radu a démarré le moteur. « Putain, mec ! Oublie ta saloperie d'pipe cinq minutes !

J'ai besoin d'toi! » L'équipage au complet, nous sommes partis. La mer s'était sauvée au large, désertant la baie. Tyron courait comme un chien fou autour du petit groupe. Ramassant une poignée de vase, il l'a lancée sur la fillette. Une mêlée acharnée s'est ensuivie, dont ils sont ressortis maculés des pieds à la tête. Radu et Dylan ont déployé le filet au bord de la lagune. À travers l'eau limpide, peu profonde, on devinait des poissons par dizaines, gros et petits. Le piège allait se refermer sur eux. Je suis entré dans l'eau aux côtés de Radu, poussant devant moi les mailles de nylon. Les poissons affolés fusaient entre nos jambes. Dylan attendait de l'autre côté, prêt à embrocher les fuyards. Arrivé au bout de la lagune, nous avons récolté les prises. Les queues des condamnés claquaient sur la bassine, vains efforts pour se libérer. *Barramundis*, raies, mulets et *mangrove jacks*, le premier passage était si fructueux que Radu a décidé de continuer. La marée montante atteignait l'entrée de la baie. Désemparés, les poissons se jetaient d'eux-mêmes dans nos mailles. Une pêche magnifique, Radu jubilait. « Bonnie s'ra contente, pour une fois! » La bassine était déjà aux deux tiers pleine, mais il ne voulait pas s'arrêter en si bon chemin. « Allez, troisième passage ! » Gagné par l'euphorie, je me suis joint à lui. Dylan demeurait silencieux, jetant des regards anxieux vers le large. La marée recouvrait à présent la moitié de la baie. Il était temps de partir, mais il ne disait rien. Radu était l'aîné. Inconscient du danger, il m'encourageait de la voix. L'eau rejoignait déjà la lagune. Alerté par Dylan, le géant débonnaire a jeté un coup d'œil par-dessus son épaule. « Putain, la marée ! » Dylan a plié le filet, et j'ai aidé Radu à porter la lourde bassine. L'eau montait de plus en plus vite, jamais nous ne pourrions traverser à pied sec. Sourds aux remontrances, les deux enfants pataugeaient dans les flaques. Dylan nous a doublés, le filet à bout de bras. M'enfonçant dans la vase, j'avais un mal de chien à traîner mon fardeau. Bientôt, nous marchions dans l'eau. Pieds, chevilles, genoux... Et nous n'étions qu'à mi-chemin, à l'heure où les requins, les crocodiles revenaient dans la baie, portés par la marée. Chacun d'entre nous le savait. Dylan courait après les gosses, qui nageaient, insouciants. Poussé par le courant, je trébuchais à chaque pas, épuisé. J'avais de l'eau jusqu'à la taille. Radu a hurlé : « Putain ! » Un serpent cinq-minutes ondulait en surface, nerveux, droit sur nous. Il a frôlé Radu, qui a fermé les yeux. Le serpent a continué sa course et Radu, livide, a plongé sa main dans le poisson moribond, pour en jeter de pleines poignées. Hissant sur son épaule la bassine ainsi délestée, il a couru jusqu'à la berge, pendant que Dylan portait les gamins en lieu sûr. Sur le chemin du retour, Radu n'a pas desserré les mâchoires. En nous voyant trempés, Augustus s'est marré.

« Hé, Radu ! T'as b'soin d'un bain par jour, ou quoi ?

— On s'est fait prendre par la marée, a soupiré Radu, piteux.

— T'as oublié ta tête, ou quoi ? Un filet, c'est pas tout. Faut aussi un cerveau. »

Tyron s'est fourré dans ses jambes. Perfide, il a soufflé, assez fort pour que tous entendent : « En plus, Radu, eh ben, il a jeté l'poisson. » Augustus ne riait plus. Il est monté dans la grange d'un pas qui disait « Suivez-moi ! » Jamais je n'avais vu une telle dureté dans ses yeux. Il avalait d'interminables bouffées de cigarette, recrachant par saccades. Radu se faisait tout petit à l'autre bout de la table. Augustus s'est éclairci la voix. « Balancer du poisson ? Hé,

Radu, tu connais les règles, non ? La pêche, c'est pas un jeu. Quand tu fais quelque chose, sers-toi un peu d'ta tête. Demande-toi : "Pourquoi j'fais ça ?" La pêche, comme le reste. S'laisser avoir comme ça, j'comprends pas. D'vant les gamins, en plus. Ça t'apprendra à être gourmand. L'avidité, c'est... » Sa voix s'est soudain étranglée. Regard embué, il a disparu dans sa chambre.

Dylan se défonçait du matin au soir. Les reins endoloris, Augustus était au plus mal, et ne quittait sa chambre que pour nous confier de menues tâches. Traînant les pieds, Dylan se mettait à l'ouvrage, mais ses forces s'épuisaient vite dans la chaleur brumeuse, les vapeurs de chanvre et, laissant là ses outils, il retournait fumer en paix. Augustus jamais ne le rappelait à l'ordre ni ne le bousculait. Un midi, le filon s'est tari. Plus d'herbe. À Wreck Point, la paie était arrivée, et avec elle ces maudites enveloppes venues d'on ne sait où. Augustus restait sourd aux supplications de Dylan. « Moi, j'y vais qu'après-demain. Une réunion avec le ministre. T'entends ça, *Napoleon* ? Un ministre, rien qu'pour moi ! » Le jour dit, Augustus était vêtu comme à l'accoutumée, pas rasé. Dylan a essayé en vain de démarrer le 4 × 4. Les coups de clé anglaise sur le carburateur n'y pouvaient rien changer. « Bon, faudra l'emmener au garage. Quelqu'un viendra. D'toute façon, les ministres, c'est vraiment pas mon truc. »

L'attente a duré des jours et des jours. Personne à la rescousse : les humeurs d'Augustus n'étonnaient plus personne. C'est l'oncle de Dylan qui nous a remorqués jusqu'à Wreck Point. Augustus a confié son Land Rover au mécano, empruntant en retour un pick-up fourbu. « Allez, *Napoleon*, viens voir la terre de mes ancêtres ! » Il a repris la piste vers Cape Lazarus. De hautes falaises rouges, tapissées de fleurs sauvages, plongeaient dans l'eau émeraude avec, en arrière-plan, les crêtes blanches d'un champ de dunes. « La terre des ancêtres. » Ignorant les bungalows de luxe pour touristes fortunés en quête de solitude, Augustus a obliqué vers la plage. Un sable si blanc qu'on avait des scrupules à rouler dessus. « Qu'est-ce tu dis d'ça, *Napoleon* ? » Augustus fonçait droit sur une dune abrupte, à fond de seconde. Il a accéléré de plus belle, montant à l'assaut du mur dans un bruit de tonnerre. Le pick-up agrippait le sable, dérapant d'un côté, de l'autre, mais toujours avançant. Debout sur la plate-forme, cramponné aux barres, Dylan riait aux éclats. Passé le sommet, Augustus a plongé vers le fond d'une crique. « Hunter's Creek. » Un catamaran, au mouillage. « Devraient pas être là sans autorisation », a grondé Augustus. Il a sorti de sous le siège un masque, un tuba et un fusil-harpon rouillé.

« Il est vieux, mais il vise bien. Enfin, ça dépend du tireur, hein, *Napoleon*!

— Mais... y a des crocodiles?

— Plus haut, dans les mangroves.

— Ils descendent pas ici?

— Hé, *Napoleon*, j'ai pas leur portable! »

Il m'a tendu le harpon, ce qui signifiait : « Pas de danger. » Je me suis vite laissé prendre par la féerie sous-marine. Des bancs de poissons nageaient parmi les roches, s'éparpillant à mon approche, comme soufflés par une explosion. L'instant d'après, ils se reformaient. Des monstres bigarrés me passaient sous les yeux. J'aurais pu les pousser de la pointe du harpon. À l'autre bout de la lagune, les récifs acérés servaient d'abris à des prédateurs ombrageux. Les anémones, les algues dansaient dans le courant, j'allais au bout de mon souffle, rechignant à remonter. J'étais accroché à une roche, ébloui, quand une masse sombre a traversé mon champ de vision. Dans la panique, j'ai pressé la gâchette, et le harpon a ricoché contre la pierre, heurtant ma main. J'ai nagé vers un banc de sable. Assis sur son annexe pneumatique, un grand type bronzé m'a salué de sa rame : « Désolé de t'avoir fait peur. Hé, t'es blessé ! » Un mince filet de sang coulait le long de mon pouce.

« Reste pas dans l'eau comme ça !

— Pas de souci, les crocodiles...

— J'vais t'dire, mon pote, l'problème ici, c'est pas les crocos. C'est les requins. Hier soir, on en a chopé un près du cata. Dans les deux mètres cinquante. »

Sur la rive, Augustus et Dylan me faisaient signe de revenir. J'avais l'air fin, sur mon îlot de sable, à cent mètres du bord, avec le doigt en sang. Le canot du type était bien trop petit pour deux. Pas le choix. J'ai nagé sur le côté, bras tendu hors de l'eau. Difficile de respirer dans cette position, un fusil-harpon à la main. Buvant la tasse à chaque brasse, je me traînais. Augustus m'a sorti de l'eau.

« Alors, *Napoleon*, t'as inventé une nouvelle nage ? Peur de t'mouiller ?

— Je me suis coupé. Le type dit qu'les requins...

— Quels requins, *Napoleon* ? Ils reviendront ce soir, avec la marée. »

Des poissons grillaient sur le feu. Un Zodiac est venu accoster juste devant nous. Un homme, la soixantaine sportive, a débarqué en souriant. Il tenait par les ouïes un barracuda, long serpent luisant et visqueux. Sans un mot, Augustus a hoché la tête, montrant le panier, à ses pieds. « Belle région, n'est-ce pas ? » L'homme parlait lentement, en articulant à outrance, comme s'il s'était adressé à un étranger. Ou à un enfant. Augustus semblait absorbé dans la contemplation des motifs que sa main traçait sur le sable. Déconteneancé par l'attitude récalcitrante de son interlocuteur, le type s'extasiait sur le jeu des marées. « C'est ma spécialité. » Il analysait pour nous les causes du phénomène, à grand renfort de concepts scientifiques. Le silence obstiné d'Augustus a fini par le lasser. Perplexe, il a soulevé son chapeau pour s'éponger le front. « J'vous laisse. J'espère que vous réalisez la chance que vous avez. Un coin pareil. » Démarrant son Zodiac, il a regagné le catamaran. Augustus buvait son thé à petites gorgées. La gueule effilée du barracuda dépassait du panier, laissant entrevoir de rares dents menaçantes. Augustus a poussé un profond soupir de lassitude. « Ces gens-là, ils s'croient les chefs, hein, *Napoleon*. L'autre jour, à Cape Lazarus, y avait un type, il voulait aller pêcher l'crabe. C'est moi qui les emmène, *Napoleon*. Le gars s'pointe dans le bureau, un grand blond costaud, tout rougeaud. Il vient vers moi, me fait : "*You speak English?*" Il avait un d'ces accents, un Allemand. "*You speak English?*" Je réponds pas. Le gars, il voit rouge, il gueulait : "On peut pas leur faire confiance". Tu comprends, *Napoleon*, moi, j'avais plus envie. Alors j'lui fais : "*Guide, nein, ich touriste!*" T'aurais vu sa tronche!

— Tu parles allemand?

— Un peu, ouais... À la mission, les prêtres venaient de là-bas, fallait apprendre leur langue. Nous, si on parlait bardi, ils sortaient la trique! Y avait un gros barbu, celui-là, ses claques faisaient mal. Mais la dernière baffe qu'il m'a mise, il a dû s'en rappeler! Ils nous ont emmenés à Melbourne, la finale de *footie*. On s'baladait sur le port et il me colle une beigne, devant tout l'monde. Déjà, j'étais costaud. Je l'ai pris, j'l'ai balancé dans l'eau... Le prêtre, il a dû remonter par l'échelle, tout mouillé dans sa robe ! De l'eau sacrément froide, en plus ! C'était l'hiver. En remontant, il criait des trucs pas possibles ! Hé, *Napoleon*, j'aurais jamais cru qu'un prêtre pouvait jurer comme ça ! »

De retour à Wreck Point, Augustus est allé tout droit chez Bonnie. « Isaac est pas avec vous ? » Dylan lui a expliqué. Elle a haussé les épaules. « Il finira bien par rentrer. » Elle a emporté le poisson dans la cuisine. Augustus s'est installé à table, devant son éternelle tasse de thé. Prêtant une oreille distraite aux dialogues ineptes d'une série américaine, il poussait de petits rires sourds, entre deux bouffées de cigarette. Bonnie s'est plantée devant lui. « Augustus, faut qu'on parle. C'est Gloria. » Puis elle m'a adressé un regard dur et triste. « Laisse-nous, *Napoleon*. » Sur la terrasse, Dylan partageait sa pipe à eau avec une bande de jeunes. Radu et Grace jouaient aux cartes, en se chamaillant à chaque donne. Radu trichait ouvertement, regardant sous les cartes quand il distribuait. Grace lui collait des baffes, roulait de grands yeux indignés. « J'ai une p'tite faim ! » a bâillé Radu, et il est entré dans la salle. « Sors de là, toi ! Tu vois pas qu'on parle ! » Radu est revenu s'asseoir avec une moue d'enfant brimé. « Pas commode, celle-là. » Grace s'est penché par-dessus la table pour lui tordre l'oreille. « Qu'est-ce tu racontes sur ma famille ? Tu crois qu'j'entends pas ! » Isaac avait disparu, personne ne s'en souciait. N'y tenant plus, j'ai demandé à Radu s'il trouvait ça normal. « À pied ? Sont pas croyables, ici ! Seul, comme ça, avec les saloperies qui traînent dans les mangroves ! Tous ces putains de bruits ! » Augustus est ressorti de la maison, m'a pris par l'épaule. « Les bruits, c'est quand les Vieux t'préviennent à temps. C'est bien. » Il a levé les yeux, son visage s'est fermé. Sortant de nulle part, Gloria s'est blottie dans ses bras. Elle avait la lèvre coupée, des ecchymoses plein le visage, et les paupières gonflées de larmes. Grace a laissé échapper un cri. Radu a fermé les yeux, puis il a renversé la table d'un furieux coup de poing. « J'l'avais prévenu, c'fumier ! Saloperie d'alcoolo ! Putain, j'vais lui faire la peau ! » Il s'est rué dans l'allée, repoussant Grace qui tentait de le retenir. « Le laissez pas, il va l'tuer ! » Augustus et Bonnie ont pris Gloria à l'intérieur, dans un silence de gravité.

La journée touchait à sa fin. Le soleil projetait sur le sable rouge les ombres déformées des buissons et des arbres. Assis à l'arrière, dos à l'habitacle, je voyais défiler la piste. Dylan m'a interrompu dans mes sombres pensées, montrant du doigt le bas-côté. « Là! Regarde! » Je n'ai rien eu le temps de voir, nous étions déjà loin.

« Les deux arbres!

— Il n'y a que ça, des arbres...

— Les arbres, *Yagoo*, ils sont tous différents... Mais ces deux-là, ils sont pareils... Un arbre et puis, juste à côté, le même. Comme des jumeaux, *Yagoo*... Même tronc, mêmes branches, mêmes feuilles... Jamais vu ça ailleurs. »

Un aigle s'est envolé. Déployant ses ailes, il s'est mis à planer lentement au-dessus de nous. Dylan suivait l'oiseau des yeux. « Mon grand-père, *Yagoo*, il s'est changé en aigle. » Il m'avait dit ça d'un ton anodin, entre deux bouffées de joint. « Les gens, ils disent qu'il avait des pouvoirs... Un jour, il était à Broome avec des amis... Mon grand-père, il a regardé les autres, il leur a fait, comme ça : "J'vous retrouve à Wreck Point"... Il est pas monté en voiture, tu comprends, il est resté là, sur la route... Et il a fait : "J'vous retrouve là-bas"... Ce jour-là, *Yagoo*, à Lombadina, la petite-nièce de grand-père a levé le doigt au ciel... "*Lo-Lo*"... "*Lo-Lo*", elle criait, *Yagoo*, ça veut dire grand-père... Quand les gens sont arrivés à Wreck Point, tu sais c'qu'ils ont vu ? Mon grand-père, *Yagoo*, il les attendait... Alors, ils ont su que lui, il avait d'grands pouvoirs... Et ils l'ont respecté pour ça... »

La nuit était tombée, à présent, et le crocodile entamait sa traversée du ciel austral.

« *Yagoo*, pourquoi t'es parti... J'veux dire, hein... si loin ? T'as personne là-bas ? Tout le monde a quelqu'un... Des parents, des frères... Une femme, j'imagine... Des enfants, non ? » Le vrombissement du moteur, les gémissements de la carrosserie ne parvenaient pas à briser le calme de la nuit tropicale. « À Beagle Bay, *Yagoo*, y a un type, ils l'ont pris tout petit... Une mission, dans le Sud... Il a plus revu ses parents pendant des années, des années... Il les a retrouvés, il avait cinquante ans au moins... Ses parents, c'était devenu des vieux, *Yagoo*... Il est resté à Beagle Bay, avec eux... Mais c'était trop tard, pouvait plus les aimer... Toutes ces années séparés, des étrangers pour lui... Alors il habitait en face, mais il leur parlait pas... Être éloignés longtemps, *Yagoo*, c'est pas bon... »

Dylan est parti à Wreck Point, je ne l'ai plus

jamais revu. Je ne sais ce qu'il est advenu de Radu, de Gloria. Je suis resté seul avec Augustus. Je passais des heures à l'écouter parler. Il m'emmenait pêcher chaque soir, me faisait sentir sa ligne, décomposait ses gestes, se plaçait derrière moi pour mieux guider les miens. Je commençais à comprendre les poissons, leurs vagues. J'ai sorti un *barramundi*. Augustus l'a décroché pour moi, me l'a tendu en souriant. « T'as plus besoin de moi, hein, *Napoleon*. » Les jours suivants, Augustus s'est fait plus distant. Un soir, il s'est assis en face de moi, jouant avec sa tasse. « Je dormais, tout à l'heure. Ma femme est venue me voir. » Regard baissé, il se frottait la tête. « Ma femme, *Napoleon*. Parfois, quand je suis dans ma chambre, avant de me coucher, elle s'assoit sur le lit. Elle reste là, sans bouger. J'aime bien quand elle vient. Elle s'assoit, sans rien dire. » Il souriait, au bord des larmes. « Tout à l'heure, elle est venue m'voir. Elle m'a réveillé. Je l'ai vue, j'ai compris quelle venait m'chercher. Elle m'attend depuis tout ce temps, je sais qu'elle sera là quand ce monde voudra plus de moi. » Il a posé sa main sur la mienne. « Hé, *Napoleon*, j'en ai pas fini avec toi ! » Augustus a bu une lente gorgée, puis il m'a fixé dans les yeux. « Tu t'en iras, *Napoleon*. Tu le sais aussi bien que moi. » Gorge serrée, j'ai acquiescé. « J'aimerais que tu restes, *Napoleon*. Mais ta vie est ailleurs, et je suis fatigué. » Il s'est levé dans un soupir. « J'te trouverai une voiture. » Il est parti au beau milieu de la nuit.

J'ai attendu longtemps avant de comprendre qu'Augustus ne reviendrait pas. Il y avait de la colère dans cette révélation. La nuit suivante, je n'ai pas dormi, ruminant ma tristesse. Au matin, j'ai pris le chemin de la plage. J'ai parcouru les bois sans m'arrêter, sans prêter attention à ce qui m'entourait. La rivière était haute, je l'ai traversée à la nage, manquant d'être emporté par le courant de marée. La plage était là, sereine, indifférente à ma douleur. Il n'y avait personne, je n'étais pas chez moi. J'ai couru dans les dunes, jusqu'au promontoire du bout de la baie. Là, juste derrière, se trouvait la crique du vieux crocodile. Aucune raison d'y aller. Ça en faisait déjà une. J'ai jeté un dernier coup d'œil par-dessus mon épaule avant d'escalader le rocher. Un escarpement de grès rouge, paroi déchiquetée parcourue de ravines, d'où jaillissait une végétation dense, hostile. Les épines d'acacias lacéraient mes bras, mes habits. Agrippé aux racines, aux branches, j'escaladais la roche aux arêtes tranchantes, qui m'entaillaient coudes et genoux. Au pied du sommet se dressait un surplomb, à l'abri duquel les hommes avaient tracé, jadis, des figures incertaines d'ocre et d'argile blanche, mains grandes ouvertes, animaux, flèches. Repérant une fissure, je me suis hissé prise après prise. Un bloc a cédé sous ma main et m'a heurté le front. Je suis retombé lourdement sur une vire étroite. Envahi par la rage, j'ai frappé du poing sur la roche. Sonné, du sang plein les yeux, j'ai rassemblé mes forces. Dans un dernier sursaut, j'ai franchi le bord du surplomb. L'autre versant menait à une gorge sépulcrale, jonchée d'arbres fanés. M'enfonçant dans le sol vaseux, j'ai perdu une chaussure, puis l'autre. Les mares fangeuses exhalaient une puanteur atroce. Je me suis accroupi au bord de l'eau stérile, inerte. Les oiseaux s'étaient tus, il n'y avait pas de vent. Une branche a craqué dans les ramures d'un arbre. Les deux corbeaux me contemplaient, inquiets. Je me suis redressé, sans comprendre pourquoi. Quelque chose approchait. Un frisson en surface, le clapot à mes pieds. J'ai eu un mouvement de recul, les eaux se sont ouvertes sur une masse immonde, fulgurante. Je me suis retrouvé à plat ventre dans la boue. Le choc m'avait brisé la jambe. La bête fouillait le sol, nerveuse, autour de moi. Je me suis traîné à l'abri d'une souche. Le crocodile, énorme, reposait sur son ventre, gueule grande ouverte, comme essoufflé. Un monstre d'un autre âge, pattes arquées, difformes, mâchoires à demi édentées. J'étais à deux mètres de lui, et il ne bougeait pas. Il devait être aveugle, ou bien prenait son temps. Il savait, à coup sûr, que je n'irais pas loin. Voilà donc où menait ma route. C'était écrit au commencement. Les corbeaux grondaient sur leur branche, ils se sont envolés dans un fracas de plumes. Quand j'ai levé la tête, Augustus était là, torse nu, étrangement calme. Il a souri, s'est approché. « Tu t'es perdu, *Napoleon*. » Conscient de sa présence, le crocodile s'ébranlait, préparant son attaque. Sans un cri, Augustus a bondi sur lui, ceinturant les mâchoires béantes, vif et puissant. Dans un effort brutal, il l'a tiré vers l'eau, où ils ont plongé tous les deux, enlacés. La queue du crocodile martelait la surface, cherchant à désarçonner l'homme. Une lutte brève, intense. Puis ils ont disparu au creux d'un tourbillon. J'ai crié : « Augustus ! » et j'ai rampé jusqu'à la berge. Les derniers remous ont cessé. Il n'y avait plus un bruit. Rien.

Nullarbor	15
Pêcheurs	37
Déroute	87
Bardi People	117
Wreck Point	167

DU MÊME AUTEUR

Aux Éditions Hoëbeke

NULLARBOR, *récit*, 2007 (Folio n° 4900). Prix Nicolas Bouvier 2007, Meilleur livre de voyage Lire/RTL 2007

Aux Éditions Fayard

MAL TIEMPO, *roman*, 2009

Aux Éditions Gallimard Loisirs

Dans la collection GEOGuide

ANDALOUSIE

ARGENTINE

BARCELONE ET LA CATALOGNE, avec la collaboration de Julie Subtil

CUBA, avec la collaboration de Martin Angel et Gilles Guérard

ESPAGNE CÔTE EST, avec la collaboration de Julie Subtil

Dans la collection Cartoville

BUENOS AIRES

Composition CMB Graphic
Impression Novoprint
à Barcelone, le 10 mars 2010
Dépôt légal : mars 2010
1er dépôt légal dans la collection : avril 2009

ISBN 978-2-07-036114-4./Imprimé en Espagne.

176130